Egon Freitag

Christoph Martin Wieland

Biografien für Liebhaber

SCHNELL

An Haug in Stuttgart.

Erfurt den 26. des Heumonats (Juli) / 1771.

Hochedelgebohrner / Hochgeehrtester Herr Professor

Ich befand mich zu Coblenz als mir ein Schreiben von Ew. Hochedelgeb. zugeschikt wurde. Eine Reise von sechs Wochen, und eine Menge Verrichtungen, welche bey meiner Zurückkunft auf mich warteten, verzögerten meine Antwort, und nun finde ich mich unverhoft mit einem zweyten Schreiben von Ew. Hochedelgeb. beehrt dessen hauptsächlicher Inhalt mir beynahe eben so wenig angenehm ist als Ihnen selbst.
Es sind sieben bis acht Monate seit ich kein Blat von der hiesigen Zeitung anders als etwan zufallsweise bey einem dritten zu Gesichte bekam. Ich habe weder directen noch indirecten Antheil an derselben, und es ist schon lange, daß ich mit dem ehmaligen hiesigen Professor Hrn. Riedel ausser allem nähern Verhältnis bin. Diese Umstände können Ihnen begreiflich machen, was zwar an sich wenig wahrscheinlich aber nichts desto minder sehr wahr ist, nehmlich daß mir die Recension Ihrer Tabellar. Litterar-Historie gänzlich unbekannt war.
Urtheilen Sie über mein Erstaunen, da ich den so betitelten Beytrag zu Verbesserung derselben, den Sie mir in duplo zuzufertigen beliebt haben, überlaß, und aus der äußerst bittern und anzüglichen Art, womit Sie darinn Ihrem hiesigen Recensenten...

(Erste Seite des Briefes an Balthasar Haug, Umschlag vorne)

Biografien für Liebhaber

Mit dieser Reihe wenden wir uns an alle Liebhaber/-innen von Biografien. In erster Linie ist sie konzipiert für junge Leserinnen und Leser der gymnasialen Oberstufe.
Freilich hat jeder Autor seinen individuellen Schreibstil für diese Reihe entwickelt und der jeweiligen Persönlichkeit anzupassen versucht, dessen Vita hier erzählt wird. Das äußere Gewand wie auch das Innen-Layout eines jeden Bandes stellen sich jedoch wie aus einem Guss vor. Die Reihe ist - zunächst - in drei Epochen eingeteilt: Sturm und Drang/Klassik erscheint in rötlichem Gewand, Romantik/ Realismus in einem blauen und die Epoche Naturalismus/Moderne in einem grünlich-gelben.

Der Autor dieses Buches, Dr. phil. Egon Freitag, lebt in Weimar und war fast 30 Jahre lang wissenschaftlicher Mitarbeiter des Goethe - Nationalmuseums (Klassik Stiftung Weimar).

Egon Freitag ist Dozent für literaturwissenschaftliche Themen, Diplom-Ethnograf und wissenschaftlicher Autor. Sein besonderes Interesse gilt der Weimarer Klassik und der Kreativitätsforschung.
Vor allem die Persönlichkeiten Wielands, Herders, Goethes, Schillers und Eckermanns, ihr kreativer Prozess sowie ihr Streben nach Selbstverwirklichung und künstlerischer Vollendung sind für ihn von großer Aktualität.

Verlag SCHNELL
Warendorfer Lieblingsbücher

Impressum

Egon Freitag
Christoph Martin Wieland
Biografien für Liebhaber
Illustrationen: Martina Grandhomme

Oststraße 24, 48231 Warendorf

E-Mail: schnell-verlag@t-online.de
www.verlag-schnell.de
ISBN 978-3-87716-680-2
Hergestellt in Deutschland

Warendorf, August 2012

Inhalt

Vorwort

»In Deutschland haben wir ja ein ganz einfaches Mittel,
einen intelligenten Menschen zu erkennen.« - »? -«.
»Wenn er Wieland liebt«.

Arno Schmidt

Wieland behauptete von sich: „Ich bin von Natur launisch oder humoristisch..." Der Jenaer Student Karl Rechlin notierte nach einem Besuch bei Wieland: „Wir scherzten den Nachmittag so viel und lachten, dass ich mit nassem Auge von ihm wegging."

Während einer Abendgesellschaft im Hause des Jenaer Professors Johann Jakob Griesbach trafen sich Wieland, Goethe, Knebel und der Philologe Abeken. Beim Essen wurde die Unterhaltung heiter und ausgelassen. Man sprach über einige Weimarer Schauspielerinnen, an denen man allerlei auszusetzen hatte, besonders an ihrer äußeren Gestalt. Goethe wusste so komisch darzustellen, dass, „wenn man an dem Körper hier ein Weniges wegnähme, dort ansetzte usw., eine gar stattliche Gestalt zutage kommen würde, dass der alte Wieland nicht aus dem Lachen kam." Wiederholt bat er Goethe um diese Darstellung, bis er schließlich niederkauerte, sich die Serviette über den Kopf zog und sie gegen den Mund drückte, sei es, um den Erguss des Lachens zu hemmen, sei es, um den übrigen seine Grimassen zu verbergen.
Bernhard Rudolf Abeken fiel dabei ein Zitat aus dem Horaz ein, wo es heißt: „Varius konnte kaum mit dem Tellertuche vor dem Munde des Lachens sich erwehren." Doch meinte er: „Schwerlich aber hat Varius so gelacht wie Wieland. ... Es war eine ergötzliche Szene, zu der Knebels bekanntes ›Jo! Jo‹ trefflich stimmte."

Wieland war der Ansicht: „Der Mensch ist eigentlich zur Freude geschaffen". Er gab der Dichtkunst eine neue leichtere Gestalt und hat die deutsche Sprache salonfähig gemacht. Erfrischend heiter wirken seine Verse noch heute, z.B.:

„Ein Busen reizt, der jugendlich gebläht,
Die Augen blend't und niemals stille steht."

Solche Anmut und Leichtigkeit des poetischen Stils waren bis dahin in der deutschen Literatur einzigartig und gefielen auch dem jungen Goethe. Er konnte es gar nicht erwarten, bis diese Verserzählung „Musarion" erschienen war, sondern verschlang diese vergnüglichen Verse bereits in den Aushängebogen. Ja, er lernte sogar jedes Blatt davon auswendig.

Wieland war zeitweise berühmter als Goethe, wurde mehr gelesen als dieser und erhielt die höchsten Honorare. So zahlte ihm der Leipziger Verleger Philipp Erasmus Reich für den Roman „Sokrates mainómenos oder Die Dialogen des Diogenes von Sinope" 141 Taler und 16 Groschen, für die beiden Dichtungen „Die Grazien" und „Der neue Amadis" zusammen 500 Taler Honorar. Das entsprach etwa seinem Jahreseinkommen als Professor an der Erfurter Universität. Für seinen Staatsroman „Der goldne Spiegel" bekam er 1772 sogar 100 Carolin, das entspricht der Summe von 633 Talern und 8 Groschen, während Goethe vier Jahre später für sein Trauerspiel „Stella" von dem Berliner Verleger Mylius lediglich 20 Taler Honorar erhielt.

Das Sprichwort „Man sieht den Wald vor lauter Bäumen nicht" stammt von Wieland, ebenso die Lebensweisheit „Leben und leben lassen". Auch der Begriff „Weltliteratur" geht auf Wieland zurück. Zu seinen Wortschöpfungen gehören die Begriffe: Aufklärung, Staatsbürger, Fortschritt, Sicherheitsklausel, Weltall, Silbersee, Sommerwolke, Alltagsarbeit, Clown, Eidbrecher, Wortbrecher, Clique, heimatlos, rosenwangig, scharfzüngig; aber auch lustige Bezeichnungen wie Liebeswut, Luderfleisch, Bettdrücker, Schulterklopfer, Festtagswitz, Witzaufknacker, hurenähnlich, Lumpenkönig, Maskengesellschaft, Milchmädchen, Modefratz, Salattage, Schafsgesicht, schmerbäuchig, Teufelspförtner und Totenfinger.

Goethe stellte fest: „Wieland z. B. hatte Humor, weil er ein Skeptiker war, und den Skeptikern ist es mit nichts ein großer Ernst." Es „sei am besten, durch Frohsinn zu wirken; nur das, was man mit Heiterkeit ansehe, werde man recht sehen", war Wielands Meinung. „Ein Mann von solchen Talenten" erlag auch der Versuchung, „die Linie des Anständigen und Schicklichen zu überschreiten. ..." Es sind „ebenso verwegne als geistreiche Scherze", denn Wieland wollte den Menschen lachend die Wahrheit sagen.

Wielands literarisches und publizistisches Schaffen leitete jene Epoche ein, die wir heute als »Weimarer Klassik« bezeichnen.

Sehr herzlich danke ich Herrn Peter Salmann, dass er diese Wieland-Biografie in sein Verlagsprogramm aufgenommen hat, für die verlegerische Betreuung und sorgfältige Lektorierung. Gleichfalls danke ich dem Vorsitzenden des Freundeskreises des Goethe-Nationalmuseums e.V., Herrn Dieter Höhnl, der sich nachdrücklich für die Sanierung des Wielandgutes Oßmannstedt eingesetzt hat, und mir dieses Buchprojekt vermittelt hat. Ihm und allen Wieland-Liebhabern ist diese Biografie gewidmet.

»Ich liebte die Poesie von meinem 11. Jahre an ungemein« Kindheit und Jugend 1733-1752

»Ich liebte die Poesie von meinem 11. Jahre an ungemein« Kindheit und Jugend 1733-1752

Als Sohn eines Pfarrers wurde Wieland am 5. September 1733, morgens gegen 8 Uhr, in dem oberschwäbischen Dorf Oberholzheim bei Biberach an der Riß geboren. Seine Mutter war die Tochter eines Offiziers. Christoph Martin hatte noch vier Geschwister, von denen aber drei früh verstarben. Sein jüngerer Bruder Thomas Adam erlernte den Beruf eines Goldschmieds und Kupferstechers in Biberach.

1736 zog die Familie in die Freie Reichsstadt Biberach, wo der Vater eine Pfarrstelle übernahm. Im Westfälischen Frieden 1648 wurde die strikte Einhaltung religiöser Parität festgelegt. Die Stadt hatte zwei Bürgermeister, einen katholischen und einen evangelischen. Auch andere Ämter der Stadt waren doppelt besetzt, von den Rats- und Gerichtsmitgliedern bis zu den Hebammen, Sackträgern, Nachtwächtern, Torschließern und Botengängern. Es gab eine katholische und eine evangelische Apotheke. Die Kirche St. Martin, an der Wielands Vater predigte, wurde und wird auch heute noch, nach einem festgelegten Zeitplan von beiden Konfessionen genutzt.

„Ich war sehr frühzeitig, und mein Vater war von meinem dritten Jahre an mein erster Lehrer", schreibt Wieland. Mit fünf Jahren erhielt er Unterricht im Schönschreiben, mit sieben dichtete er seine ersten Verse und mit zehn Jahren begann der Lateinunterricht.

„Ich liebte die Poesie von meinem 11. Jahre an ungemein. ... Ich schrieb eine unendliche Menge von Versen, sonderlich kleine Opern, Kantaten, Ballette und Schildereien. ... Ich pflegte deswegen mit der ersten Morgenröte schon aufzustehen, weil ich des Tags über keine Verse machen durfte. Im 12. Jahr übte ich mich sehr in lateinischen Versen, und weil ich in meinen kindischen Gedanken zu stolz war, kleine Versuche zu machen, so schrieb ich ein Gedicht von 600 Versen ... und ein großes Gedicht, ... welches eine Satire auf meines Rektors Frau war. ... Ich verbrannte schon damals die meiste[n] dieser saubern Werklein, die meine Mama nicht rettete. ... Im 14. Jahr schickte man mich nach Kloster Bergen bei Magdeburg, eine der besten Schulen in Deutschland. Hier legte ich Gründe in allen philologischen, mathematischen und philosophischen Wissenschaften, wie auch in der Theologie, der ich gewidmet war. ..."

Von 1747 bis 1749 besuchte Wieland die Internatsschule Klosterbergen bei Magdeburg. Den Französischunterricht erteilte der französische Sprachmeister Peuplier, der eine piepsige Fistelstimme hatte. Dieser „sprach immer in den höchsten Oktaven, und, ob er gleich ein baumlanger Kerl war, so klar, dass jedermann lachen musste." Wieland lachte zweimal hintereinander in einer Lehrstunde, ungeachtet er sich Hölle und ewige Verdammnis vorstellte. Das war ansonsten ein bewährtes Mittel zur Ernsthaftigkeit, das damals auf Wielands fromme Seele große Wirkung tat. Beim zweiten Mal

stand Monsieur Peuplier von seinem Stuhl auf und versetzte seinem 14jährigen Schüler eine derbe Ohrfeige. Über solche Schmach wollte sich Wieland totheulen, und der Rektor selbst, Abt Steinmetz, musste seinen Liebling, den Sprachmeister, zu einer öffentlichen Entschuldigung bewegen, um Wieland wieder zu besänftigen. Aber seit dieser Zeit besuchte er keine französischen Lehrstunden mehr und lernte später diese Sprache im Selbststudium. In einem erhaltenen Schulheft Wielands heißt es: Man erwähle „sich eine Materie, die wir verstehen, die wir ausführen können; man versuche seine Kräfte. ..." In Klosterbergen lernt Wieland – zum Teil gegen das Verbot der Lehrer – die wichtigsten Werke der Aufklärung kennen, vor allem die Schriften von Voltaire, Christian Wolff und Pierre Bayles „Historisch-kritisches Wörterbuch".

„Damals machte ich ... einen philosophischen Aufsatz, worin ich ... zeigen wollte, wie die Venus gar wohl hätte, ohne Zutun eines Gottes, durch die innerlichen Gesetze der Bewegung der Atomen aus Meerschaum entstehen können und daraus den Schluss machte, die Welt könne ohne Zutun Gottes entstanden sein. ... Dieser Aufsatz fiel meinen Lehrern in die Hände und machte mir viel Verdruss, welcher noch größer gewesen sein würde, wenn nicht meine übrige Aufführung so sehr moralisch gewesen wäre."

Wieland arbeitete noch spät in der Nacht an dieser kleinen Schrift, „während seine Stubenkameraden schon lange zu Bett waren, und der Stubenaufseher auch schon schnarchte. Dieser merkte aber endlich Unrat und beschlich ihn, als er eben seine Abhandlung über die Nichtexistenz Gottes vollenden wollte. Er riss ihm das Manuskript aus den Händen und legte das schreckliche Corpus delicti [Beweisstück] dem Abt [Steinmetz] vor. Es wurde ein fürchterliches Blutgericht über diesen verruchten Sünder gehalten" und nur das mutige Eintreten eines einzigen Mitschülers verdankte es Wieland, dass er nicht bestraft wurde.

„Ich las damals auch Herrn Breitingers Dichtkunst, Hallers Gedichte, den ›Messias‹, und eine Menge witziger Schriften. Ich hatte in der

Zeit von meinem 12. bis ins 16. Jahr fast alle Autoren des goldnen und silbernen [Zeit-]Alters gelesen. ... Cicero aber liebte ich am meisten."

Im Frühjahr 1749 schrieb sich Wieland als Student an der Erfurter Universität ein. Hier lehrte ein entfernter Verwandter, der Philosoph und Theologe Professor Johann Wilhelm Baumer, bei dem er auch wohnte. Wieland berichtet, dass er „das Glück oder Unglück hatte, das ganze Jahr 1749 unter seinen Augen zu leben, an seinem Tische zu hungern (denn vom Essen war nicht viel die Rede) und von seiner Philosophie eine so abscheuliche Menge von Seelenblähungen zu bekommen, dass ich ohne *Amors* Beistand, der mich im August 1750 durch den ersten Anblick der liebeatmendsten Kreatur, die ich jemals gekannt habe, plötzlich metamorphosierte, nimmermehr davon wieder zurechte gekommen sein würde." - „Das Beste, was er an mir tat, war ein sogenanntes Privatissimum, das er mir über den ›Don Quichotte‹ las."

Diese „liebeatmendste Kreatur" war Wielands drei Jahre ältere Cousine Sophie Gutermann von Gutershofen, die er nach seiner Rückkehr im Sommer 1750 in Biberach kennenlernte. Sophie war zunächst mit dem Italiener Giovanni Lodovico Bianconi verlobt, der als Leibarzt des Fürstbischofs in Augsburg lebte. Die Eheschließung scheiterte an den Artikeln des Ehevertrags, weil er darauf bestanden hatte, alle künftigen Kinder katholisch zu erziehen, während Sophies Vater, der Arzt Georg Friedrich Gutermann von Gutershofen, die Mädchen lutherisch erzogen wissen wollte. Dies führte zu heftigen Auseinandersetzungen und zum völligen Abbruch ihrer Beziehungen. Sophie musste alle Briefe und Andenken von Bianconi vor den Augen des Vaters zerreißen und in einem Windofen verbrennen. Bianconis Porträt musste sie „mit der Schere in tausend Stücke zerschneiden" und den Verlobungsring, der mit Brillanten besetzt war, zerbrechen. Sophie war so verletzt, dass sie in ein Kloster gehen wollte. Wieland hatte vom Schicksal seiner Cousine erfahren und war tief betroffen. Nach der schmerzlichen Trennung von Bianconi fand Sophie in der Hingabe an religiöse Ideale und im geistigen Gedankenaustausch mit ihrem Biberacher Briefpartner wieder sittlichen Halt. Sophie bekannte später: „Stilles Lesen und Leben wurde mein Los. Wielands vorzügliche Freundschaft, ... machte mir das Beste und Schönste" der alten und neuen [Dichter] bekannt; „ich verehrte und liebte ihn dankbar, war auf seine Kenntnisse stolz, weil ich sie mein ganzes Leben zu teilen hoffte, denn ich sollte mit ihm verbunden werden."

Nach einer Predigt seines Vaters über den Text „Gott ist die Liebe" spazierte er mit Sophie zum „Lindele" hinauf und geriet so in Eifer, dass man über solch einen Text so kalt predigen könne. Feurig trug er ihr sein System von der himmlischen Liebe vor, aber auch von der Würde der menschlichen Seele und von der Bestimmung der Menschen und Geister. Sie war tief beeindruckt und bat ihn, er möge dies alles zu Papier bringen, was er ihr auch versprach. Alsbald verlobte er sich mit ihr. In schwärmerischer Zuneigung zu Sophie wurde er sich auch seiner Berufung zum Dichter bewusst. Später bekannte er:

„Nichts ist wohl gewisser, als dass ich, sofern uns das Schicksal nicht im Jahre 1750 zusammengebracht hätte, kein Dichter geworden wäre."

Im Herbst 1750 reiste Wieland nach Tübingen, wo er auf Wunsch seines Vaters Rechtswissenschaft studieren sollte. Da er sich mit der Juristerei nicht anfreunden konnte, beschäftigte er sich viel lieber mit der Dichtkunst. Nun löste er sein Versprechen ein und verfasste in Tübingen sein Erstlingswerk „Die Natur der Dinge oder die vollkommenste Welt." Es ist ein philosophisches Lehrgedicht, und Wieland benötigte dazu nur zehn Wochen. Eine großartige Leistung, wenn man bedenkt, dass es über 4000 Verse, sogenannte Alexandriner, enthält und Wieland erst 17 Jahre alt war. Später meinte er: „Die Dichtkunst sei ihm gekommen, wie dem unschuldigen Mädchen die Liebe." Mit seiner ersten Veröffentlichung sei er geradeso „zu Fall gekommen, wie manches Mädchen seine Unschuld verliere, in einer ungehüteten Schäferstunde."
Das Originalmanuskript schickte er, ohne sich zu nennen und ohne eine Abschrift davon anzufertigen, an einen Philosophieprofessor in Halle an der Saale. Dieser musste die Begabung des Verfassers sogleich erkannt haben, denn er übergab es einem Verleger, der es zum Druck beförderte. Es erschien also anonym. Wieland berichtet dazu an seinen Jugendfreund Johann Georg Zimmermann:

„... An dem abenteuerlichen Gedicht über die ›Natur der Dinge‹ half mir die Liebe arbeiten. O! Mein Freund! ich liebte damals einen Engel. ... Die Liebe entwickelte ein System in mir, und die Liebe begeisterte mich, es poetisch vorzutragen. Meine S(ophie) liebte diese Art von Schriften, und ich hatte ihr in einer zärtlichen Stunde versprochen, ihr mein System in Verse einzukleiden."

Das Gedicht hatte großes Aufsehen erregt. Man hörte, ein Tübinger Student sei der Verfasser, mit Namen „Wieland". Zu gleicher Zeit gab es aber in Tübingen noch einen Kommilitonen, der auch „Wieland" hieß. Dieser war der Sohn eines Schneiders aus Ulm, „ein Quer- und Hohlkopf, den sein Vater Theologie studieren ließ, weil er keinen

Wams zuschneiden konnte. ... Als nun das Gerücht von Halle herkam, es habe ein Wieland in Tübingen das, allgemeines Aufsehn erregende Gedicht von der ›Natur der Dinge‹ verfertigt, so kannte unsern Wieland kein Mensch in Tübingen", weil er keine Vorlesungen besuchte, sondern sich einschloss, um zu dichten. Um niemandem zu begegnen, ging er meist in der Mittagsstunde während der größten Hitze spazieren. „Man konnte also gar nicht begreifen, wie auf einmal der heilige Musengeist auf den Ulmer Schneider, den jedermann zum besten hatte, ausgegossen worden sei, bis dieser den Irrtum selbst entdeckte, und von freien Stücken zu Wieland kam und ihm sagte, dass er ganz unschuldigerweise für einen Dichter gehalten werde."

Wielands Gedicht wurde auch in der Schweiz gelesen, aber von dort hagelte es scharfe Kritik. Der Theologe Johann Heinrich Waser fluchte und tobte:

Wieland „mag zusehen, wie er dem Feuer entrinne, wenn er das Unglück haben sollte, in die philosophische und die theologische Inquisition zu fallen. Bei allem Holzmangel sorge ich, dürfen sie ihn darum nicht frei lassen, und eher zu seinem Brand stimmen, als ihn leben lassen. ... Er ist ein philosophischer und theologischer Ketzer."

Wieland, der davon in Tübingen erfahren hatte, klagte verärgert:

„Dass man mich in die Ketzerrolle setzt, wundert mich. So barbarisch und bigott man hier ist, so ist dieses doch, soviel ich weiß, keinem Hiesigen eingefallen. Und wer sind dann diese Menschenfreunde, welche so gern Ketzer machen?"

Wieland erkannte schließlich selbst die Schwächen seines Gedichts und war damit gar nicht mehr zufrieden.

„Ich habe mir heilig vorgesetzt, von nun an keine gereimten Verse mehr zu schreiben. Wozu nötigen uns die Reime? Welche unanständigen Fesseln für ein freies Genie? Wie oft hab' ich mich nur z. E.

ärgern müssen, dass sich auf Tugend nichts als Jugend, auf Lust fast nichts als Brust reimt?"

Doch zum Glück hat er sich an diesen Vorsatz nicht gehalten, sondern in den folgenden Jahren noch unzählige Verse gedichtet. Dabei reimte er sogar Busen auf Pampelmusen.

Der Erfolg seines Erstlingswerks beflügelte Wielands Wunsch, Schriftsteller zu werden. Doch, um auf sich aufmerksam zu machen, war es nötig, Freunde und Gönner zu finden. Das literarische

Deutschland war in zwei Lager gespalten. Die Leipziger Dichterschule mit dem Literaturpapst Gottsched beharrte hartnäckig auf ästhetischen Regeln nach französischem Vorbild, während die Zürcher Literaturkritiker Bodmer und Breitinger das Schöne in der Poesie nicht allein im Verstand suchten, sondern die Quelle der wahren Poesie im Gefühl und in der Phantasie sahen. Musterhaft galt ihnen der englische Dichter John Milton, dessen „Paradise Lost" (Das verlorene Paradies) Bodmer übersetzt hatte.
Johann Jakob Bodmer war Professor für vaterländische Geschichte am Carolinum, der Zürcher Universität für Theologen, und Mitglied des Großen Rates. Er war auch ein einflussreicher Förderer und Mäzen und hatte 1750 den Dichter Klopstock in seinem Haus aufgenommen. Doch Bodmer war von ihm bald enttäuscht, weil sich der junge Messias-Sänger als recht weltlich erwiesen hatte, im Hinblick auf seine bürgerliche Versorgung, aber auch durch Damenbekanntschaften und Weingenuss.

Ohne sich zu nennen, schickte Wieland an Bodmer das Fragment eines Epos über Hermann den Cherusker, „um von der Beurteilung eines so erleuchteten Richters Vorteil zu ziehen." Nach günstiger Aufnahme gab sich Wieland zu erkennen, worauf ein freundschaftlicher Briefwechsel einsetzte. Im Dezember 1751 sandte er ihm sein Lehrgedicht „Die Natur der Dinge". Auch eine Huldigungsode an Bodmer dichtete der junge Poet und das Gedicht „Anti-Ovid oder Die Kunst zu lieben". Er habe es in großer „Eilfertigkeit ... in wenig Tagen ejakuliert." Darin lehnte er Ovid, den „Meister loser Künste", ab, und trat für die Mäßigung der Begierden ein. Doch die erhoffte Einladung nach Zürich blieb immer noch aus. Stattdessen bemerkte Bodmer spöttisch:

„Wieland ist in seiner Kunst zu lieben vielmehr ein halber Ovid als ein Anti-Ovid, vielleicht will er sich auf den Küssen dafür erholen, dass er nicht trinket."

Wieland erklärte: „Nach meinem System gibt es keine unverkörperten Geister, und die Engel umarmen sich ebensowohl als wir." – Er hoffe, dass ihm Bodmer seine „enthusiastische Ode auf die Küsse vergeben wird“, denn „unter den zärtlichsten Küssen“ seiner Sophie habe er nicht „die Tugend und die heilige Liebe“ beleidigt. - Seine „vergnügtesten und schönsten Stunden“ seien auch „nicht die gewesen, da wir geküsst, sondern die, da wir zu groß waren, zu küssen und da unsere Gedanken und Gesinnungen zu schön waren, um durch Küsse ausgedrückt zu werden.“

In einschmeichelnden Briefen an Bodmer pries Wieland seine tugendhafte Lebensführung und seine bisher erworbene Bildung. Er verwünschte Gottsched, seine Anhänger und beteuerte: „Ich liebe Sie mehr, als Herr Klopstock Sie liebt!“

Endlich erhielt Wieland die ersehnte Einladung nach Zürich. Überglücklich verließ er im Juni 1752 Tübingen und kehrte nach Biberach zurück. Dort erwartete er die Ankunft seiner geliebten Sophie, die er durch seine ungewissen Zukunftsaussichten und durch sein Schweizer Engagement arg vernachlässigt hatte. Ihr Besuch verzögerte sich bis zum Oktober, so dass Wieland seine Abreise nach Zürich immer wieder verschob.

Schließlich, am 11. Oktober 1752 kam die Verlobte nach Biberach. Doch nur vier Tage währte das Zusammensein, dann trat Wieland seine Reise in die Schweiz an. Schweren Herzens trennten sie sich, ohne Gewissheit, wie sich ihre Zukunft gestalten werde. Seine Briefe wurden immer seltener, bis sie schließlich ganz ausblieben. Sophie kehrte schließlich zu ihrem Vater nach Augsburg zurück. In einem langen Brief schilderte sie Wieland ihre unerträgliche Lage. Doch sie erhielt keine Antwort. Da begann sie an seiner Liebe zu zweifeln und verfasste ein letztes, liebevolles Abschiedsschreiben. Darin sprach sie ihn von allen Verpflichtungen frei. Im Dezember 1753 löste sie die Verlobung und heiratete den kurmainzischen Hofrat Georg Michael La Roche.

Doch Wieland hatte den ersten Brief gar nicht und den anderen erst sehr spät erhalten, so dass er darauf nicht antworten konnte. Als er den Abschiedsbrief schließlich erhielt, riss er im ersten Wutausbruch ihr Bild von der Wand und schleuderte es in eine Ecke, so dass er buchstäblich vor dem Scherbenhaufen seines Glückes stand. Er warf sich auf einen Stuhl und weinte bitterlich. In einem Brief klagte er ihr seinen tiefen Schmerz und wünschte ihr Glück für die Zukunft. Gleichzeitig versicherte er ihr seine stetige Zuneigung und Freundschaft, und vor allem seine unzerstörbare seelische Bindung.

»Lebensfrühling« in der Schweiz 1752-1760

»Lebensfrühling« in der Schweiz 1752-1760

Acht Jahre lang lebte Wieland in der Schweiz, eine Zeit, die ihn sehr geprägt hat. Mit 19 Jahren kam er zu Bodmer. Bei ihm absolvierte er seine Schriftstellerlehre. Bodmer schildert seinen ersten Eindruck so:

„Jetzt ist der Verf(asser) der *Natur der Dinge* in meinem Hause. Ich kann sowohl in Absicht auf den moralischen Charakter als auf die Gelehrsamk(eit) ohne poetische Entzückung sagen: hier ist mehr als K(lopstock) - ohne Vergleichung mehr. ... Er ist fähig in der Kritik und der Poesie die größten Verrichtungen zu vollführen. ... Er trinkt so wenig Wein als ich, raucht nicht Tabak und brauset und tanzt nicht. ..."

Der 19jährige Wieland passte sich seinem 54jährigen Hausherrn an, und war pedantisch bemüht, Klopstocks Verfehlung zu vermeiden. Bodmers einziger Sohn war im Alter von sieben Jahren gestorben, so dass Bodmer mit seiner Frau allein lebte. So nahmen sie den jungen Dichter wie einen Sohn in ihr Haus auf. Es begann ein Freundschafts- und Schaffensbündnis, geprägt von gegenseitigem Vertrauen. Der Jüngling durfte im gleichen Zimmer und am gleichen Schreibtisch wie sein verehrter Professor arbeiten. Spöttisch berichtet Salomon Gessner, „Wieland ist ein Mensch, der in seinem ganzen Leben nichts als sein Tintenfass und eine Wand voll Bücher gesehen" hat. Der Theologe Waser nennt den neuen Schützling einen „jungen Löffel", „etwa 20 Jahr alt", mit Pockennarben, und „so dünn wie ein Räbstekken", der ständig zu Hause sitze. Er sei „ein Erzschmeichler", trinke keinen Wein und gehe abends um 8 Uhr ordentlich mit einem Milchsüppli ins Bett."

Wielands literarische Arbeiten in Zürich waren zunächst von dem Verlangen geprägt, sich der Einladung Bodmers würdig zu erweisen und dem verehrten Lehrer seine Liebe und Dankbarkeit zu zeigen. Er dichtete „Hymnen auf Gott", die „Empfindungen eines Christen" und wurde ein Musterschüler, denn es herrschte Übereinstimmung in ihren religiösen, moralischen und ästhetischen Anschauungen und in ihrer strengen Ablehnung aller heidnischen und unsittlichen Poesie. Der tägliche Umgang mit dem kenntnisreichen Mentor und die freie Benutzung seiner großen Bibliothek trugen entscheidend zu Wielands Kenntniserweiterung bei. Bodmer wurde während seines 20-monatigen Aufenthalts gewissermaßen „die Hebamme des Genies". Wieland erhielt bei ihm zahlreiche Anregungen, z.B. für die Vermittlung und Übersetzung literarischer Texte der Antike und für die Beschäftigung mit der englischen Literatur. Bodmer regte Wieland auch zu gründlichen englischen Sprachstudien an, die eine Voraussetzung für seine spätere Shakespeare-Übersetzung wurden. Auch Italienisch lernte er in dieser Zeit.

Während seines Aufenthalts bei Bodmer verliebte sich dessen Dienstmagd Babet, „eine junge Dralle", leidenschaftlich in den Dichter. Sie hatte sich eingeredet, dass sie bei ihm Gegenliebe fände und dass Wieland sie heiraten würde, wenn es Bodmer nicht verhindere. Wieland berichtet:

„Ich sprach nie, kein Wort mit dem armen Mädchen; noch viel weniger spann sie in dem Zimmer, wo ich gewöhnlich lebte und arbeitete. Das Lesen meiner damaligen Gedichte, und was sie bei Tische manchmal von mir hörte, stimmte nach und nach ihre Imagination so hoch, bis sie endlich überschnappte. Sie war schon *rasend*, als sie mir durch ihren nächtlichen Überfall so bange machte, dass ich *Bodmern*, der schon zu Bette lag, um Hilfe rief."

Und Bodmer schildert den Vorfall so:

„Sie ward vor Liebe gegen den Faun zur Närrin. Er verriegelte jede Nacht sein Schlafzimmer und legte seinen rostigen Degen entblößt auf die Bettdecke, wenn sie auf ihn einbrach und ihn notzüchtigen wollte, sich zu schützen."

Die Tollheit wurde immer schlimmer, so dass Bodmer sie schließlich aus dem Haus jagte. Sie ging zu ihrem Schwager nach Altstetten und schrieb von dort „einen verliebten Narrenbrief" an Wieland. „Landluft, Aderlassen und ein derber Schweizer'scher Dorfschulmeister, den sie heiratete, brachten sie wieder zurechte."

Im Juni 1754 verließ Wieland Bodmer und wurde Hauslehrer. Bodmer missfiel der Umgang seines Schützlings mit den Damen der Zürcher Gesellschaft, besonders sein Verhältnis zu der fast 20 Jahre älteren Frau Elisabeth Grebel. Sie führte eine unglückliche Ehe und schenkte ihre Zuneigung dem jungen Dichter. Wieland gestand selbst, dass er „in seiner Jugend eine seltsame Passion für sogenannte alte Weiber" hatte, „die einzige Bedingung vorausgesetzt, dass sie liebenswürdig sein mussten."

Während eines Besuchs bei Bodmer am 17. November 1754 kam es zum Zerwürfnis. Wieland brauste auf und konnte sich fast eine Woche lang nicht beruhigen. Schließlich musste er sich sogar zur Ader lassen. Er verteidigte seine Beziehung zu Frau von Grebel und wies Bodmers Anschuldigung zurück. Seinem Jugendfreund Zimmermann vertraute Wieland an:

„Ich will Ihnen ganz naiv sagen, wie ich es mit den Weibern habe. Sie wissen, dass ich überhaupt ein Bewunderer und Verehrer des schönen Geschlechts bin. ... Junge Mädchen sind mir meistens verächtlich, oder höchstens so hoch geachtet als Papillons [Schmetterlinge]. Affektation, Prüderie, Koketterie und dergleichen kann ich nicht leiden; ein ehrliches arbeitsames Bauer-Mensch ist in meinen Augen eine vortrefflichere Kreatur als eine brillante Kokette. Zum Umgang aber wünschte ich mir die letzte sowenig als die erstre. Die wenigen Damen, mit denen ich hier einigen Umgang habe, sind alle über 40 Jahre. Keine davon ist jemals eine beauté [Schönheit] gewesen."

In Zürich schrieb Wieland auch das Märtyrer-Trauerspiel „Lady Johanna Gray." Es wurde am 20. Juli 1758 mit großem Erfolg in Winterthur uraufgeführt. Auch in Zürich und Basel erhielt es viel Beifall. Dieses empfindsame Trauerspiel zeigt auch Wielands allmähliche Abkehr von einem religiösen und moralischen Schwärmer. Lessing begrüßte diesen Sinneswandel mit den Worten: „Freuen Sie sich mit mir! Herr *Wieland* hat die ätherischen Sphären verlassen, und wandelt wieder unter den Menschenkindern."

Im Juni 1759 zog Wieland nach Bern, wo er ebenfalls als Hauslehrer tätig war. Dort lernte er die geistreiche Patriziertochter Julie von Bondeli kennen, die „mehr hässlich als schön" war. Das erste Rendezvous mit ihr war ernüchternd:

„Der Mademoiselle Bondeli ist es vollkommen gelungen, mich zwei ganze Stunden lang verdrießlich zu machen. Das ist ein schreckliches Mädchen, diese Mademoiselle Bondeli. Sie redete mir in einem Zuge von Platon und Plinius, Cicero und Leibniz, Pfaff, Aristoteles und Locke, von rechtwinklichten, gleichschenkligen Dreiecken und was weiß ich sonst; sie redete von allem. Nichts in der ganzen Natur ist der äußersten Schnelligkeit ihrer Zunge zu vergleichen; sie spricht so schnell, dass es nicht möglich ist, ihr mit den Gedanken zu folgen; sie hat Geist, Kenntnisse, Lektüre, Philosophie, Geometrie, sphärische Trigonometrie, aber auch die Gabe, aufs höchste zu missfallen. Die dummen Weiber sollen leben! ... Es gibt kein Mädchen im Oberlande, das ich dieser gelehrten Bondeli nicht vorziehen würde."

Doch kurze Zeit danach verlobte sich Wieland mit ihr. Aber auch diese Verbindung war nicht von Dauer.

Am 30. April 1760 wurde Wieland, der sich zu dieser Zeit noch in Bern aufhielt, in seiner Heimatstadt Biberach einstimmig zum Senator gewählt. Zugleich wurde ihm in Aussicht gestellt, auch die Stelle des Kanzleiverwalters zu erhalten, was im Juli des gleichen Jahres erfolgte. Der Vater ermahnte seinen Sohn sehr eindringlich, diese Gelegenheit, eine feste Stellung zu erhalten, nicht auszuschlagen. So verließ Wieland am 22. Mai 1760 Bern so eilig, dass er sich kaum von seinen Freunden verabschiedete.

Dennoch erinnerte er sich gern an seinen Aufenthalt in der Schweiz, weil er dort acht Jahre lang „seinen Lebensfrühling" genossen hatte.

»In dieser kleinen Reichsstadt, worin ich Aktenstaub schlucke« Senator und Kanzleiverwalter in Biberach 1760-1769

»In dieser kleinen Reichsstadt, worin ich Aktenstaub schlucke« Senator und Kanzleiverwalter in Biberach 1760-1769

Im 18. Jahrhundert gehörte Biberach zu den führenden wirtschaftlichen und kulturellen Zentren Oberschwabens. Nach 1750 erhöhte sich die Einwohnerzahl auf über 4000. Zurückgekehrt in seine Heimatstadt befand sich Wieland fortan zwischen Pflicht und Neigung, zwischen Amtsschimmel und Pegasus. Nun rief ihn „das heis're Glöckchen ... zur Ratsversammlung". Oft steckte er „bis an die Ohren tief in muffigten Papieren." Sein Amt als Kanzleiverwalter empfand er zunehmend als Kreativitätsblockade und stöhnte: „Wie können Verse mit Akten sich vertragen?" Als er mit Akten und Protokollen überhäuft „drei Tage hintereinander mit einer Inventarisation" zubrachte, sehnte er sich in die Zeit seiner Jugend zurück, die „der Liebe und den Musen geweiht" war. Deprimiert schrieb er:

„Einsam in einem Hause, dessen weite Gemächer von niemand bewohnt sind, als von mir selbst, einem dummen Tier von einer Magd, etlichen alten magern Ratzen [Ratten], und einem Gespenst, das, der alten Observanz gemäß, alle Nacht um zwölf Uhr unsichtbar auf einer geheimen Treppe vom Rathause in die Kanzlei herabsteigt und sich eine Stunde lang amüsiert, die alten Protokolle zu durchblättern - einsam, ohne Freunde (denn die einzigen, die ich in diesem barbarischen Lande habe, sind doch eine Stunde weit von mir entfernt), ohne Ergötzungen, ohne ein Mädchen, das mir durch eine Arie von Galuppi die Grillen wegsingen, oder durch Küsse, die sie von mir selbst zu geben gelernt, ... mir wenigstens einen täuschenden Schatten jener zaubrischen Wonne der Jugend wiedergeben könnte. ... Bald wird die ansteckende Dummheit einer Ratsstube den wenigen wässrichten Geist noch vollends auftrocknen, den ihm ein fünfjähriger Aufenthalt unter den unwissendsten, abgeschmacktesten, schwermütigsten und hartleibigsten unter allen Schwaben noch übriggelassen haben mag."

Und dennoch war es eine sehr produktive Zeit. In Biberach schuf Wieland die erste deutsche Shakespeare-Übersetzung. Neben seiner Tätigkeit als Senator und Kanzleiverwalter war er auch Direktor der Evangelischen Komödiengesellschaft. Im September 1761 hatte er im Komödienhaus ein Theaterstück des großen Briten in deutscher Sprache inszeniert, das Schauspiel „The Tempest" (Der Sturm). Wieland wählte aber für die Inszenierung den Titel „Der erstaunliche Schiffbruch". Es war die erste Shakespeare-Aufführung in deutscher Sprache. In den folgenden Jahren übersetzte Wieland 22 Dramen des großen Briten ins Deutsche, wodurch er die Grundlage für die Shakespeare-Begeisterung der Stürmer und Dränger schuf. Der junge Schiller las an der Karlsschule in Stuttgart diese Übersetzung. Zahlreiche Wortschöpfungen verdanken ihren Ursprung dieser Übertragung, z.B. Fee, Elfe, Milchmädchen, Sommernachtstraum, Steckenpferd, Anziehungskraft, heimatlos, kaltherzig, rosenwangig, Lebensblut, Säuglingsalter, turmhoch, Clown oder Spleen. Wieland nennt seine Übersetzung eine „Galeerensklaven-Arbeit" und schreibt:

„Ich schaudre selbst, wenn ich zurücksehe und daran denke, dass ich den Shakespear[e] zu übersetzen gewaget habe. Wenige können sich die Mühe, die Anstrengung, die oft zur Verzweiflung und zu manchem Fluch, (der doch die Pferde nicht besser ziehen macht) treibende Schwierigkeiten dieser Arbeit vorstellen. Ich sehe die Unvollkommenheit dessen, was ich getan habe; aber ich weiß es, dass Richter von ebensoviel Billigkeit als Einsicht mit mir zufrieden sind. Genug, diese herkulische Arbeit ist nun getan, und, bei allen Göttinnen des Parnasses! Ich würde sie gewiss nicht anfangen, wenn sie erst getan werden sollte."

Inzwischen hatte sich bei Wieland ein Übergang von himmlischer zu irdischer Liebe vollzogen, eine Art geistige Metamorphose. In diesem Prozess wurde aus dem Autor des „Anti-Ovid" ein Verfasser erotischer Verserzählungen. Er selbst erklärte, dass „eine große Revolution" in ihm vorgegangen sei, „durch welche der Grund gelegt wurde", ihn „zu einem erträglich brauchbaren Subjekt" an der Spitze der reichsstädtischen Kanzlei von Biberach, „zu einem Autor von »Idris« und »Agathon«, und ... zu einem ganz angenehmen Gesellschafter für Leute, die etwas mehr als Kannibalen und Orang-Utans sind, zu machen." Seinem Jugendfreund Johann Georg Zimmermann berichtet er:

„Ich bin nicht mehr der, der ich war, mein lieber Zimmermann; ich erstaune ... darüber, dass ich einmal Schwärmer, Hexameterschmied, Asket, Prophet und Mystiker war. Seit langem habe ich all das hinter mir gelassen. ... Platon hat Horaz weichen müssen."

Zu diesem Gesinnungswandel trugen auch Wielands zahlreiche Besuche auf dem nahegelegenen Schloss Warthausen bei. Hier wohnte der weltoffene Graf von Stadion, ein pensionierter kurmainzischer Großhofmeister. Hier traf Wieland auch seine frühere Verlobte Sophie wieder. Sie war inzwischen die Gemahlin des kurmainzischen Rates Georg Michael Frank La Roche, dem Sekretär und illegitimen Sohn des Grafen von Stadion. Wieland hatte Sophie seine Veränderung vom platonischen Schwärmer zum sinnlichen Liebhaber mitgeteilt:

„... Ich habe ... während dieser acht Jahre, die wir nun getrennt sind, so viele Veränderungen durchgemacht, dass wir ... vielleicht mehrere Monate nötig hätten, [damit] Sie mich wieder[er]kennen würden. ... [Auch] wünsche ich, dass Sie einigermaßen hässlich geworden sind, denn ich muss Ihnen gestehen, dass ich kein ... Platoniker mehr bin; ich bin ein großer Anhänger der Sinne. ... Ich schwöre Ihnen, dass alle Philosophie der Welt nichts vermag gegen die Beredsamkeit eines Korallenmundes und eines Alabasterhalses. ... Meine gegenwärtige Tugend [ist] nicht mehr das, was sie mit 18 war, und ... Damen wie Sie, sind vor mir nicht mehr so sicher, wie sie es früher einmal waren."

Während eines Konzerts zum Cäcilienfest im November 1761 lernte Wieland die 19-jährige Sängerin Christine Hogel kennen. Wieland war inzwischen 28 Jahre alt. Zu ihr hatte er vermutlich die erste wirklich sinnliche Liebesbeziehung. Bei ihr fand er Trost und neue Schaffenskraft. Als sich sein Freund Zimmermann über diese neue Produktivität wunderte, antwortete ihm Wieland, „dass es eine kleine Sängerin war, die dieses Wunder" bewirkt hatte. Seine früheren Freundinnen, Sophie La Roche und Julie von Bondeli, hätten ihm jeden Augenblick von Seligkeit, den sie ihm zu kosten gaben, „mit zwanzig Jahrhunderten von Qual und Verdammnis ... bezahlen lassen." Dies ist ein hartes Urteil und eine Abrechnung mit seiner platonischen Schwärmerei. Seine kleine Nachtigall dagegen, die Sängerin Christine Hogel, sei das einzige Mädchen in der Welt, das ihm nur Gutes gebracht habe. Ohne sie wäre er „tausendmal unter der Last der Verzweiflung erlegen."

„Sie sehen leider, liebster Zimmermann, dass ich noch weit entfernt bin, weise zu sein, aber ich bitte Sie, lassen Sie mir meine Sängerin, ich will Ihnen dafür auch gewiss versprechen, dass ich nicht bei meiner Haushälterin schlafen will."

Liebevoll nannte er sie „Bibi" und nahm sie in seine Dienstwohnung in der Biberacher Kanzlei auf. Ja, er wollte sie sogar heiraten. Aber er war evangelisch und sie war katholisch. Dies sorgte für einen Skandal in Biberach. Der Pfarrer Johann Jakob Brechter schrieb an Wielands Jugendfreundin Sophie La Roche:

„Wieland wird seine kleine Sängerin heiraten. Ich bitte Sie, stellen Sie mich nicht auf die Probe, zu sehen, ob ich einfältig genug sei, zu glauben, dass der Verstand an einem Menschen eine so abscheuli-

che Verräterei begehen könnte. Ich sollte es zwar fast glauben. So lange ich Wieland kenne, sehe ich, dass zwischen ihm und seiner Arbeit ein offenbarer Widerspruch ist. ... Wieland machet es in dem Falle wirklich so, wenn er tausend Ursachen anzugeben weiß, warum er es tue. Ziehet man aber seinen Gründen die Larve ab, was bleibet übrig? Ein Ungeheuer. Ich verachte ihn, wenn er nur ein einziges Mal hat so elend sein können, nur so zu denken, geschweige, wenn er es tut. Gottlob! Meine Seele ist über die seine!"

Christines Mutter verbot ihrer Tochter „unter den wildesten Drohungen" jeglichen Kontakt mit Wieland und hat eine Heirat verhindert. Auch als Bibi 1764 ein Kind von ihm bekam, führte dies zu keiner Aussöhnung, so dass ihr Wieland schmerzlich entsagen musste.

Wielands finanzielle Situation war in den ersten Jahren seiner amtlichen Tätigkeit sehr prekär. Die katholische Fraktion forderte, der Kanzleiverwalter müsse eine abgeschlossene juristische Ausbildung besitzen, die Wieland jedoch nicht hatte. Die Auszahlung seines Gehalts wurde verweigert. Wieland sprach von „langwierigen Schikanen". Erst im August 1764 wurde er endlich, nach einem vierjährigen Prozess infolge heftiger Paritätskämpfe zwischen dem katholischen und protestantischen Lager, zum „wirklichen Kanzleidirektor" eingesetzt.

1764 erschien Wielands erster Roman. Er hat die umständliche Überschrift „Der Sieg der Natur über die Schwärmerei oder die Abenteuer des Don Sylvio von Rosalva". Der Untertitel lautet: „Eine Geschichte, worin alles Wunderbare natürlich zugeht". Dies verdeutlicht Wielands Wandlungsprozess von einem Schwärmer zu einem skeptisch-realistischen Beobachter und zu einem Aufklärer, denn „sein wahrer Zweck ist, dem Aberglauben einen tödlichen Stoß zu geben." Eingerückt in diesen Roman ist die „Geschichte des Prinzen Biribinker", das erste deutschsprachige Kunstmärchen. Zugleich ist es auch eine Parodie auf die Feenmärchen. Wieland hat die Begriffe Feenland, Feenmärchen, Elfe, Königinmutter, Lumpenkönig, Oberhofmeisterstelle, Riesengeist, schmerbäuchig, Zauberschwestern, Zwergenkrieg u.a. geprägt. Auch die Bezeichnung „erotisch" geht auf ihn zurück.

Nach dem Erscheinen des „Don Sylvio" höhnte Bodmer enttäuscht über seinen ehemaligen Schüler: „Wielands Muse ist eine Metze geworden, die sich dem leichtfertigsten Leser in die Arme wirft." Als vorbildlich galt für Wieland die weltoffene Antike, in der Sinnlichkeit und Vernunft ein harmonisches Ganzes bilden. 1765 erschienen die „Komischen Erzählungen". Darin schildert er Liebesabenteuer aus der Welt der antiken Götter, Nymphen und Faune. Durch seine sprachliche Eleganz, Ironie, Anmut und Leichtigkeit wurde die deutsche Sprache salonfähig. Selbst an den deutschen Fürstenhöfen, wo hauptsächlich französisch gesprochen und gelesen wurde, erhielt Wieland neue Leser. Stolz berichtet er, dass seine „Komischen Erzählungen" sogar den Grafen Stadion von seinem Vorurteil gegen die deutsche Poesie bekehrt haben. „Er wunderte sich gar zu sehr, dass man das alles in deutscher Sprache sagen könne, – denn bisher kannte er die deutsche Sprache nur aus Akten, Urkunden und Ministerialschriften." Seinem Freund Zimmermann, dem diese heiter-frivolen Verserzählungen auch gefielen, gestand Wieland:

„Es freut mich, dass Ihnen die Erzählungen gefallen, aber soll ich Ihnen die Wahrheit sagen? Ich höre nicht gern, dass sie sogar einem vieljährigen Ehemann und einem – so weisen Mann ... Erektionen machen. Gott sei bei uns! Was werden sie bei Knaben von 18 Jahren, was werden sie bei vorwitzigern Mädchen, übel versorgten Weibern und untröstbaren Witwen für Wirkungen tun! Mir schauert, wenn ich daran denke. In vollem Ernst, mein Freund, ich dachte nicht so weit; aber glauben Sie mir, wenn ich gleich kein platonischer Schwärmer mehr bin, so hasse ich doch den Gedanken, Ärgernis zu geben und der Urheber von sittlichen Übeln zu sein. Trösten Sie mich, wenn Sie können, denn ich versich're Ihnen, dass Sie mit diesem einzigen Wort eine ganze Reihe von Embryonen komischer Erzählungen in meinem Kopf abgetrieben haben. ... Wie wird es erst gehen, wenn einmal irgendein Sünder vor einem Chorgericht erscheinen und die Erektionen, die ihm ›Aurora‹ oder ›Endymion‹ gemacht, als die Ursache seiner Vaterschaft von irgendeinem Jungfernkind angeben wird! Und doch gesteh' ich, dass mich's am wenigsten verdrießen würde, wenn ein paar Schock hübsche Buben und Mädchen ihr Dasein, sei es nun, auf welche Art es wolle, meiner Muse zu danken hätten. Sein ist immer besser als nicht sein."

Wielands erotische Dichtungen brachten ihm den Ruf eines Wollustsängers und Sittenverderbers. Der Theologe und Schriftsteller Lavater forderte alle Christen auf, für den schwer gefallenen Sünder Wieland zu beten. Man sprach sogar von „epikureischer Schweinheit". Die Kirchenzensur in Wien verbot Wielands frivole Schriften. Auch Wielands Liebesaffären hatten für viel Klatsch und Empörung gesorgt, so dass ihn seine Eltern bedrängten, möglichst bald in den Stand der Ehe zu treten. So schrieb er scherzhaft an Zimmermann:

„Ich möchte in den nächsten 12 Monaten gern eine Frau nehmen und meinem lieben alten Papa zu Ehren einen kräftigen Buben machen." Das können zwar die Bauern besser als die Schriftsteller, doch „bilden Sie sich darum nicht ein, dass ich gar nichts könne. Ich kann mich zwar nicht rühmen, wie Ovid neunmal in einer Nacht mein Glied emporzuhalten. Das ist meine Sache gar nicht."

Wielands Mutter hatte sich mit Sophie La Roche beraten und beide Frauen beschlossen, eine Braut für den verliebten Dichter zu suchen. Er war inzwischen 32 Jahre alt, als er im Spätsommer 1765 durch Sophies Vermittlung die 19-jährige Kaufmannstochter Anna Dorothea von Hillenbrand aus Augsburg kennenlernte. Nach einer kurzen Verlobungszeit fand bereits am 21. Oktober 1765 die Hochzeit statt, wobei Wielands Vater persönlich die Trauung vollzog. Ziemlich leidenschaftslos berichtet Wieland:

„... Ich habe ein Weib genommen, oder eigentlicher zu reden, ein Weibchen, denn es ist ein kleines, wiewohl in meinen Augen ganz artiges und liebenswürdiges Geschöpf, das ich mir, ich weiß selbst nicht recht wie, von meinen Eltern und guten Freunden habe beilegen lassen. Es ist nun so; ich bin zufrieden, meine Mitbürger auch, denn diese können nicht wohl leiden, wenn ihre Vorgesetzte[n] unbeweibt sind - und wenn ich mich nur erst in meinem neuen Stand werde zurechtgesetzt haben, so hoffe ich, dass die Musen, wenn sie anders jemals einen Anteil an den Geburten meines Hirns gehabt haben, nichts dabei verlieren sollen. ... Sie ist eben nicht so schön, aber ungefähr so neu, so ungekünstelt und so unschuldig als Ihre Melida.

– Keine Biberacherin, das werden Sie ohnehin vermuten. – Ein gutes, gefälliges, angenehmes Hausweibchen, und damit punktum."

Doch spätere Briefe zeugen von Wielands tiefer Zuneigung. Nach neunmonatiger Ehe informiert er Zimmermann:

„Sie wissen, mein Freund, dass ich eine Frau habe, aber Sie wissen noch nicht, dass ich glücklich genug gewesen bin, vielleicht die *Einzige* in der Welt zu bekommen, welche in allen Stücken dazu taugte,

meine Frau ... zu sein. Ich habe sie so herzlich lieb, als jemals ein ehrlicher Mann sein Weib lieb gehabt hat. - Sie macht mich in der Tat glücklich, ob sie gleich kein *idealisches* Mädchen ist."

Um ungestört zu arbeiten, fand Wieland in Stadtnähe, „doch völlig auf dem Lande", „ein artiges Gartenhaus". Im Obergeschoss richtete er seine kreative Dichterwerkstatt ein:

„Hier bringe ich des Sommers meine meisten müßigen Stunden zu, ... aber ganz allein mit den Musen, Faunen und Grasnymphen, deren ich von Zeit zu Zeit einige im Gesicht habe. ... Hier sehe ich die Knaben baden, keine Nymphen; ich rieche den lieblich erfrischenden Geruch des Heues; ich sehe schneiden und Flachs bereiten; auf der einen Seite erinnert mich aus der Ferne der Kirchhof, wo die Gebeine meiner Voreltern liegen, dass ich leben soll, so lange und so gut ich kann; – auf einer andern lockt mir ein durch Gebüsche halb verdeckter Galgen fernher den Wunsch ab: dass ein halb Dutzend Schurken, die ich ganz trotzig tête levée [erhobenen Hauptes] herumgehen sehe, daran hängen möchten. Ich sehe Mühlen, Dörfer, einzelne Höfe; ein langes angenehmes Tal, das sich mit einem zwischen Bäumen hervorragenden Dorfe mit einem schönen, schneeweißen Kirchturm endet, und über demselben eine Reihe ferner blauer Berge, aus denen im Abendstrahl Horn, ein uraltes ... Schlösschen herausglänzt. Das alles macht eine Aussicht, über der ich alles, was mir unangenehm sein kann, vergesse, und, mit diesem Prospekt vor mir, sitze ich an einem kleinen Tische, und – reime."
Im Gartenhaus entstanden große Teile der „Geschichte des Agathon". Er ist der erste Entwicklungsroman, mit dem der moderne psychologische Roman in Deutschland beginnt.

„Agathon ist das erste Buch, das ich für die Welt schreibe, alles vorige war nur für mich und etliche gute Freunde oder Freundinnen geschrieben."

Obwohl Wieland den Schauplatz der Handlung in das klassische Griechenland verlegt, behandelt er gesellschaftliche Probleme der eigenen Epoche zwischen Rokoko und Aufklärung. Hierbei geht es ihm vor allem um den Selbstfindungsprozess des Individuums. Wieland hegte die Absicht, „das Bild eines wirklichen Menschen" zu zeigen, „in welchem viele ihr eigenes erkennen sollten." Agathon, ein junger Grieche, gelangt nach einem wechselvollen Leben mit allerlei Missgeschicken schließlich zu ästhetischer Moralität, gebildeter Sittlichkeit, einer humanitären Haltung und zu geistiger Unabhängigkeit. Der Roman enthält autobiographische Züge:

„Ich schildre darin mich selbst, wie ich in den Umständen Agathons gewesen zu sein mir einbilde, und mache ihn am Ende so glücklich, als ich zu sein wünschte."

In seinem Streben nach Selbstverwirklichung erkennt Agathon schließlich, „dass wahre Aufklärung zu moralischer Besserung das Einzige ist, worauf sich die Hoffnung besserer Zeiten, das ist, besserer Menschen gründet." Lessing schrieb voller Bewunderung: „Es ist der erste und einzige Roman für den denkenden Kopf von klassischem Geschmacke," sei „aber für das deutsche Publikum noch viel zu früh geschrieben". Und Christian Friedrich Daniel Schubart erklärte: „Herr Wieland ... hat einen Roman von ganz neuem Schlage gemacht. Er überschreibt ihn *Agathon*, und schildert sich unter diesem Titel selber. Sie werden viel Philosophie, griechische Literatur, einen erfindenden Kopf und nachdrücklichen Stil, aber auch ein schlimmes Herz gegen Religion und gute Sitten finden." Letzteres führte dazu, dass der Roman in Österreich von der Zensur verboten wurde. Doch das tat seiner Verbreitung keinen Abbruch, denn die ersten beiden Ausgaben fanden nicht nur in ganz Deutschland Beachtung, sondern erschienen auch in zahlreichen Übersetzungen, darunter in englischer, französischer, niederländischer und russischer Sprache.

1768 erschien die Verserzählung „Musarion oder die Philosophie der Grazien". Die schöne und geistreiche Musarion weist die Liebe des schwärmerischen Jünglings Phanias zurück, der im Genuss seines Reichtums ausgelassen dahinlebt. Sie bekehrt ihn zu einer Philosophie der Grazien, die Tugend und Sinnlichkeit miteinander verbindet.

Sie lehrt ihm, dass wahres Glück nur durch die Verbindung von Natur und Weisheit zu erreichen sei, durch Genügsamkeit und Maßhalten im Genuss:

„Es ist darum zu tun, dass wir uns glücklich machen,
Und nur vereinigt kann dies Weisheit und Natur."

Wieland bekennt, dass er sich „schon lange in die heutige Moralphilosophie nicht mehr finden kann" und „die fei[e]rlichen stoischen moralischen Sauertöpfe unsrer Zeit" verabscheut. Seine Stellung als Kanzleiverwalter bereitete ihm zunehmend Amtsverdruss.

Am 19. Oktober 1768 brachte Wielands Frau eine Tochter zur Welt, die auf die Namen Sophie Katharina Susanne getauft wurde. Die Freuden der Vaterschaft hatten Wieland „etliche Tage für alles andere unempfindlich gemacht", und er „brachte sie meistens in der Wochenstube zu".

Seit Anfang 1768 korrespondierte der Dichter mit dem Erfurter Philosophie-Professor Friedrich Justus Riedel und fragte ihn Ende Juni, ob er nicht Professor in Erfurt werden könne. Bereits 1749, nach dem Schulbesuch in Klosterbergen, hatte sich Wieland an der dortigen Universität immatrikuliert. Die thüringische Stadt gehörte zum Erzbistum Mainz. Dessen Erzbischof Emmerich Joseph, der zugleich Kurfürst war, wollte der 1392 gegründeten Universität zu neuem Glanz verhelfen. Wielands literarischer Ruf schien geeignet, mehr Studenten nach Erfurt zu ziehen. Seine Berufung zum ersten Professor der Philosophie sorgte für Aufsehen. In einer Anzeige der „Erfurtischen gelehrten Zeitung" vom 3. März 1769 prahlte Riedel mit Wielands Berühmtheit. Da heißt es:

„In dieser Zeitung habe ich noch keine so interessante und für alle, die sie lesen und nicht lesen, so wichtige Nachricht ankündigen können, als folgende: Derjenige unserer Deutschen Schriftsteller, mit dem wir am meisten gegen die Ausländer trotzen können, dieses vaste [unermessliche] Genie, ... der Verfasser der *Natur der Dinge*, oder der vollkommensten Welt, der *Sympathien*, des *Agathon*, der *Komischen Erzählungen*, des *Don Sylvio von Rosalva*, der *Musarion*, des *Idris* – mit einem Worte, Herr *Wieland* ist von Sr. Churfürstlichen Gnaden zum ersten Professor der Philosophie, mit dem Charakter eines Regierungsrats, und einem überaus ansehnlichen Gehalte, ernennt worden. Er hat den Ruf angenommen, und wird im Monat Mai seine Vorlesungen über *Iselins* vortreffliche *Geschichte der Menschheit*, und über andre wichtige Bücher anfangen. Die Akquisition ist so beträchtlich, dass sie allein, wenn auch vorher nichts wäre getan worden, unserer Universität einen Glanz verschafft, in welchem sie gegen ihre Schwestern stolz sein kann."

»Erster Professor der Philosophie und Regierungsrat« Lehramt an der Erfurter Universität 1769-1772

»Erster Professor der Philosophie und Regierungsrat« Lehramt an der Erfurter Universität 1769-1772

Die Reise von Biberach nach Erfurt war sehr beschwerlich. In Begleitung von Wieland, seiner Frau und ihrer Tochter Sophie befanden sich noch die Haushälterin und Wärterin Katharina Floriane Wieland, eine entfernte Verwandte, sowie Fritz, der älteste Sohn von Sophie La Roche, um dessen Erziehung sich Wieland kümmerte. „Von unausstehlicher Hitze und allen andern Reiseplagen abgezehrt, und halb erstickt vom Staube" errreichten sie am 25. Mai 1769 Coburg, wo sie übernachteten. Wielands Tochter war erst sieben Monate alt.

„Mein kleines Mädchen hat, Dank sei ihrer Wärterin, die Ungemächlichkeiten der Reise ziemlich wohl überstanden; aber meine Frau ist

äußerst abgemattet, und ich selbst sehe einem Ritter von der traurigen Gestalt um ein gut Teil ähnlicher, als irgend einem von den sieben Weisen aus Griechenland."

Die restliche Reisezeit von Coburg bis Erfurt schätzte Wieland auf 41 Stunden. Nach einer weiteren Übernachtung in Arnstadt trafen sie am 27. Mai 1769 in Erfurt ein. Obwohl Wieland nicht promoviert hatte, wurde er erster Professor der Philosophie und Kurmainzischer Regierungsrat. Seine Besoldung betrug 500 Reichstaler sowie Korn, Gerste und Holz zum Heizen. Wie fortschrittlich der Mainzer Kurfürst Emmerich Joseph war, zeigt, dass an der katholischen Universität auch Protestanten, wie Wieland, lehren durften. Am 3. Juli 1769, morgens 8.00 Uhr, begann der Dichter mit seinen Vorlesungen. Etwa 300 Studenten hörten zu. Er las über Philosophie, Geschichte der Menschheit, über die besten griechischen, lateinischen, italienischen, englischen und französischen Schriftsteller, über Montesquieu, Francis Bacon, zur Geschichte von Karl dem Großen bis zum

Westfälischen Frieden, zur Dichtkunst des Horaz, über Cicero u. a. Die Studenten strömten zu seinen Vorlesungen und standen bis auf die Treppe. Wieland hielt sich aber mitunter nicht an die vorgegebene Zeit und las dann in einem Zuge fort. Da klopften die Studenten. Dies nahm er übel und sagte empfindlich: „Meine Herren, wenn dies nochmal geschieht, so sind wir fertig."

Der Universitätssenat kritisierte den Freigeist. Ein Student Wielands wurde sogar wegen Gotteslästerung angeklagt. Ernüchternd stellte Wieland bald fest, „dass man leichter einen Mohren weiß waschen, als die Erfurter Universität empor bringen könnte."

In Erfurt wurden zwei weitere Töchter Wielands geboren. Kurz nach der Geburt der zweiten Tochter Maria Caroline Friederike kam der Verleger Bertuch zu Besuch. Da brachte ihm Vater Wieland dieses

„Kraftprodukt seiner Lenden" und legte es Bertuch in die Arme. „Sehen Sie", sagte er, „hier ist etwas, was mehr Wert ist als alle meine Reimereien, und worauf ich auch weit stolzer bin, als auf alle meine Hirngeburten!"

Aber auch in Erfurt entfaltete Wieland eine reiche literarische Produktivität. Zunächst vollendete er „Die Grazien". Es ist ein episch-lyrisches Gedicht, denn die Sprachform wechselt zwischen Prosa und Versen. Darin entscheidet sich der Hirte Daphnis, den Preis der

Schönheit nicht einer der drei Grazien zuzusprechen, sondern seiner Geliebten. Nach diesem Entschluss erscheint Amor auf einer goldenen Wolke und segnet das Paar, weil es den Beweis erbrachte, dass Liebe mächtiger als Schönheit ist. Im vierten Buch der „Grazien" heißt es:

Die Augen schwammen, ergetzt, befriedigt, trunken von Lust,
Auf schönen Formen dahin, vergaßen sich im Schauen
Und irrten von Reiz zu Reiz, von schwarzen Augen zu blauen
Und von der reifen Brust,
Die, vollen Trauben gleich, zum Pflücken winkt,
Zu jener hin, die, wie ein Lilienbeet,
Von Amors Hauch zum ersten Mal gebläht,
In schönen Wellen steigt und sinkt.

Aber Wieland gibt zu bedenken:
„Schöne, junge, wollustatmende, nackte Mädchen sind … noch keine Grazien. Sie können dazu erhoben werden; aber diese Apotheose kann nur in der Einbildungskraft eines Apelles, eines Raffael oder Correggio, und auch da nur mit Hilfe einer außerordentlichen Begeisterung vorgehen."

In einer „philosophischen Laune" begann Wieland den Roman „Sokrates mainómenos [Der aberwitzig gewordene Sokrates] oder die Dialogen des Diogenes von Sinope". Der in einer Tonne lebende Sonderling Diogenes preist die völlige Bedürfnislosigkeit als größte Glückseligkeit. Die nach Gewinn und Luxus strebenden Bürger erklären ihn für verrückt. Wieland geht es hierbei vor allem um das Recht auf individuelle Selbstbestimmung, auch in Distanz zur Gesellschaft, denn die Bedürfnislosigkeit macht Diogenes zugleich unabhängig. Er ist auch kein weltfremder Tugendfanatiker, Moralapostel oder Menschenfeind, „zwar ein *Sonderling*, aber ein so gutherziger, frohsinniger und (mit Erlaubnis zu sagen) so vernünftiger Sonderling als es jemals einen gegeben haben mag", äußert Wieland dazu. Er übt Kritik an dem üppigen Leben der Reichen und an den gesellschaftlichen Zuständen. Mit der „Republik des Diogenes" entwirft er sein eigenes Gesellschaftsmodell. Hunderttausend junge Burschen begatten hunderttausend hübsche Mädchen, wodurch die Einwohnerzahl der geplanten Inselrepublik zunimmt. Ein späterer Frauenüberschuss gestattet das Leben in Polygamie.

Als 1770 sein „Diogenes"-Roman erschien, prognostizierte Wieland seinem Verleger Philipp Erasmus Reich: „Sie haben durch diese Ausgabe Deutschland Ehre gemacht". Nun könne man den Parisern zeigen, „dass es nur von uns abhängt, ihnen auch den einzigen Vorzug, den sie noch vor uns behaupten, des Geschmacks und der Eleganz streitig zu machen". Der Dichter hatte sich nicht geirrt, denn als nach zwei Jahren eine französische Übersetzung herauskam, wurde diese sogar von dem berühmten Aufklärer Denis Diderot zur Kenntnis genommen, der den deutschen Verfasser deshalb schätzte. Der „Diogenes"-Roman ist, wie Wieland noch im Alter bekennt, eines seiner „besten Produkte." Aber die Sinneslust brachte Sophie La Roche und die Gräfin Stadion beim Lesen zum Erröten. Erröten kommt von Erotik. Vom Schloss Warthausen schrieb Sophie vorwurfsvoll an Wieland:

„Ihr *Diogenes*, mein Freund, gefällt der Geistlichkeit nicht. ... Die Gräfin und ich waren ein paarmal bös' [auf] Sie, da Sie uns beim Vorlesen erröten machten."

Nach einer Vorlage von Lukian dichtete Wieland das Versmärchen „Kombabus". Der treue Diener Kombabus kastriert sich, als ihm die junge bildschöne Königin Astarte während ihrer zweijährigen Abwesenheit vom Hofe zum Schutz anvertraut wurde, um nicht der Versuchung zu erliegen. Den Beweis seiner Unschuld übergibt er, sorgsam in ein Kästchen verschlossen, bei seiner Abreise dem König. Dieser versiegelt es und verwahrt es in seiner Schatzkammer auf. Infolge seines Eunuchen-Zustandes geht er nun bei der Königin ein und aus. Die neidischen Höflinge, Diener und Lakaien, die Kombabus dieses Glück missgönnen, „kombabisieren" sich ebenfalls, so dass der ganze Hof aus Liebe zur Königin einem Stall verstümmelter Tiere gleicht. Damit – schreibt Wieland – verloren sie das Einzige, „um dessentwillen man sie noch erträglich fand."

Am 7. Mai 1771 begab sich Wieland auf eine Reise an den Rhein. Sie führte über Gießen und Wetzlar nach Düsseldorf, Koblenz und Mainz. In Ehrenbreitstein sah er seine Jugendgeliebte Sophie La Roche wieder. Sie hatte einen Briefroman geschrieben, der autobiographische Züge enthält, die „Geschichte des Fräuleins von Sternheim". Es war der erste Frauenroman in Deutschland. Wieland gab ihn heraus und verfasste dazu ein Vorwort. Der Roman wurde ein Bestseller. Bereits im Erscheinungsjahr 1771 gab es drei Nachauflagen. Es folgten Übersetzungen ins Englische, Französische, Holländische und sogar ins Russische. Damit wurde Sophie La Roche zur erfolgreichsten deutschen Schriftstellerin des 18. Jahrhunderts.

Auf der Rückreise lernte Wieland in Darmstadt Johann Heinrich Merck, den Halberstädter Dichter Johann Wilhelm Ludwig Gleim und Herders Verlobte Caroline Flachsland kennen.

Der wohl wichtigste in Erfurt entstandene Roman ist „Der goldne Spiegel oder die Könige von Scheschian". Er beschreibt die Erziehung eines Fürsten zum „aufgeklärten" Herrscher und enthält politisch-utopische Ideen über die beste Regierungsform. Damit steht er in der Tradition philosophisch-didaktischer Staatsromane. Wieland erklärt: „Der goldne Spiegel" sei ein Buch für Könige, in dem er „große, gemeinnützige, freimütige, und zum Teil kühne Wahrheiten den Edeln und den Großen unsrer Nation unter die Augen gestellt habe." Für diesen Roman zahlte ihm 1772 der Leipziger Verleger Philipp Erasmus Reich 633 Taler Honorar. Goethe erhielt vier Jahre später für sein Trauerspiel „Stella" von dem Berliner Verleger Mylius lediglich 20 Taler Honorar.

Auf Einladung der Herzogin Anna Amalia kam Wieland im November 1771 nach Weimar. Er blieb zwei Tage. Im März 1772 folgte sein zweiter Besuch. Jetzt blieb er sieben Tage. Er speiste als Bürgerlicher sogar an der fürstlichen Tafel. Johann Jakob Wilhelm Heinse, der zu Wielands Studenten in Erfurt gehörte, berichtet an Gleim:

„Ohne Zweifel wissen Sie ... schon, dass Wieland der Liebling der Herzogin von Weimar ist, und dass sie seinetwegen einen Ball gegegeben hat. Schon jetzt erbauet sie sich an seinem ›goldenen Spiegel‹. O nähmen [sich] doch unsere Krokodile von kleinen Despoten im teutschen Reiche ein Beispiel an ihr!"

Weitere Besuche Wielands in Weimar folgten, so dass der Erfurter Professor Riedel feststellte: „Was Wieland betrifft, so ist [dieser] seit geraumer Zeit mehr am Hofe in Weimar als in Erfurt." Die Herzogin beauftragte ihn, ihr seine Ideen zur Erziehung ihrer beiden Söhne Carl August und Constantin schriftlich einzureichen. Daraufhin verfasste Wieland einen vierzehnseitigen Brief mit Betrachtungen über empfindsame Seelen sowie über die Herrscher der Welt und deren Anspruch auf Glückseligkeit. Er lobte das edle Wesen des Erbprinzen, verkündete ihm glänzende Aussichten und unterbreitete Vorschläge für dessen Erziehung. Wieland sah in ihm „alle Anlagen, mit denen die Natur und das Schicksal große Männer gewöhnlich ausstattet." Man müsse ihn „über das Wahre und Falsche der irdischen Dinge" aufklären und überzeugen, „dass der wahre Ruhm eines Herrschers darin besteht, sich selbst leiten zu können und sein Land gut zu regieren. Er müsse seine Pflichten erfüllen und sein Volk so glücklich wie möglich machen. Auch komme es darauf an, möglichst unabhängig zu bleiben von denjenigen, die mächtiger sind als er; seine Wünsche zu mäßigen, schließlich Philosoph und Christ zu sein und niemals den Augenblick aus dem Auge zu verlieren, in dem er dem König der Könige Rechenschaft geben wird von dem Gebrauch, den er im Guten wie im Schlechten von der ihm anvertrauten Macht gemacht hat. Es wird aber nicht viel brauchen, um ihn von diesen Grundsätzen zu überzeugen. Es wird darum gehen, ihn ... vor allem ... über die Pflichten aufzuklären. ... Das ist viel Arbeit für die Jahre, die ihm noch bleiben, um ihn für das hohe Amt, zu dem ihn die Vorsehung berufen hat, auszubilden und vorzubereiten!" Der Erbprinz Carl August war 15 Jahre alt.

Beachtenswert in diesem Schreiben ist, dass sich Wieland mit dem Hofphilosophen Danischmend aus seinem Roman „Der goldne Spiegel" vergleicht und Anna Amalia in ihren Antwortbriefen den Dichter ebenso bezeichnet. Dies weist auch äußerlich auf einen Zusammenhang zwischen diesem Staatsroman und Wielands Berufung hin. Der Erbprinz Carl August schreibt seinem zukünftigen Erzieher:

„Es erfreut mich sehr, wenn der Antrag meiner Frau Mutter, zu uns als Philosoph und Leib-Danischmende zu kommen, Ihnen gefällig gewesen ist. ... Mein eifriges Verlangen ist, Ihnen die Last der Unterweisung so viel als nur möglich zu erleichtern. Ich will mich bestreben, mit Hilfe meines guten, und lieben Mentors alle die guten Hoffnungen, welche Sie von mir haben, zu erfüllen; nämlich mein Land und meine Leute glücklich zu machen, und mich mit einem Wort so aufzuführen, wie es von einem rechtschaffenen Herren verlangt werden kann."

Im Juni 1772 erhielt Wieland ein Schreiben des Grafen von Görtz, der die Bedingungen für eine Berufung als Prinzenerzieher darlegte. Wieland erwog die Vor- und Nachteile und lavierte geschickt. Kurz danach erreichte ihn ein Vorschlag des Ministers von Fritsch. Darin heißt es, er solle nur für sechs Monate als Lehrer der Philosophie nach Weimar kommen, was Wieland jedoch ablehnte. Im Briefwechsel mit der Herzogin Anna Amalia und dem Grafen von Görtz pokerte er geschickt um die Bedingungen für eine Berufung nach Weimar. Ein Berufungsschreiben vom 17. Juli 1772 fand schließlich Wielands Zustimmung, allerdings verlangte er Nachbesserungen: die Erhöhung des Gehalts auf 1000 Taler, und seine in Aussicht gestellte lebenslange Pension für die Zeit nach der Prinzenerziehung sollte 600 Taler pro Jahr betragen. Diese wurde ihm später sogar großzügig in Höhe seines Gehalts gewährt, also 1000 Taler, mit der Bedingung, in Weimar zu bleiben. Außerdem verlangte Wieland die Erstattung der Umzugskosten, die Ernennung zum Hofrat auf Lebenszeit sowie die Unterstützung für das Gesuch um die Entlassung aus den Diensten des Erzbischofs und Kurfürsten Emmerich Joseph von Mainz, dem die Erfurter Universität unterstand.

»Emigration in eine neue Welt« Weimar 1772-1797

»Emigration in eine neue Welt« Weimar 1772-1797

Am 18. September 1772, kurz nach seinem 39. Geburtstag, zog Wieland mit seiner Familie nach Weimar. Diese Übersiedlung bezeichnete er als „eine Emigration in eine neue Welt“. Zu dieser Zeit hatte die kleine Residenzstadt an der Ilm nur etwas mehr als 6000 Einwohner. Seit 1758 regierte hier die Herzogin Anna Amalia, eine Tochter des Herzogs Carl I. von Braunschweig-Bevern und die Nichte Friedrichs des Großen. 1756, mit knapp 17 Jahren, wurde sie mit dem kränkelnden Herzog Ernst August II. Constantin von Sachsen-Weimar-Eisenach verheiratet. 1757 wurde ihr erster Sohn, der Erbprinz Carl August geboren und ein Jahr später ihr zweiter Sohn, Prinz Constantin. Dieser hatte seinen Vater nie kennen gelernt, denn noch vor seiner Geburt war der Herzog, nach einem langen Siechtum, gestorben. Anna Amalia musste nun mit 19 Jahren die Regentschaft übernehmen. Sie war sehr kunstverständig, dichtete und komponierte gelegentlich auch selbst. Die ersten Eindrücke am Braunschweiger Hof, die Pflege von Musik, Theater und Ballett, hatten ihre geistig-künstlerischen Interessen geweckt, die ihr als weimarische Herzogin auch über den frühen Witwenstand hinweghalfen. Sie hatte die alleinige Vormundschaft über ihre beiden Söhne bis zur Volljährigkeit des Erbprinzen, und war fest entschlossen, ihnen eine sorgfältige Erziehung zu vermitteln. Besonders sollte sich der Thronfolger zu einem verantwortungsbewussten Regenten heranbilden. Beim förmlichen Amtsantritt weigerte sich Wieland, den Treueschwur auf die lutherischen Lehren abzulegen.

Bereits während seines Aufenthalts in der Schweiz hatte Wieland einen „Plan von einer neuen Art von Privat-Unterweisung“ und einen „Akademie-Plan“ entworfen. Danach bestand sein Erziehungsideal in der Ausbildung des harmonisch gebildeten und sich ständig vervollkommnenden Menschen. Er wollte einen „mehr ergötzlichen als anstrengenden Unterricht“ anbieten, ganz nach seiner Devise:

„Ergetzen ist der Musen erste Pflicht, doch spielend geben sie den besten Unterricht." Auch den Theateraufführungen räumte Wieland einen pädagogischen Stellenwert ein. Der Prinzenerzieher besuchte mit seinen beiden Zöglingen das Weimarer Hoftheater und konnte durch seine Präsenz in der Fürstenloge die Interpretation in pädagogischer Absicht vornehmen sowie die Programmgestaltung beeinflussen. Etwa vom 23. November bis 3. Dezember 1772 hatte Wieland sogar bei Carl August gewohnt. Darüber berichtet er:

„Diese vergangenen zehn Tage musste ich Tag und Nacht bei meinem Prinzen sein, weil Graf Görtz abwesend war. Ich habe das Vergnügen gehabt, in der Hoffnung bestätigt zu werden, welche ich mir von unserem jungen Fürsten mache. Wenn der Himmel ihn und ein paar gute Freunde, die er hat, leben lässt, so sollen Sie in sechs Jahren ... einen kleinen Hof sehen, der verdienen soll, dass man von allen Enden der Welt komme, um ihn zu sehen."

Eine erstaunliche Prophezeiung, denn an Goethes oder Herders Berufung nach Weimar war noch nicht zu denken, und Schiller war zu jener Zeit erst 13 Jahre alt.

Die Herzogin bemerkte aber mit Sorge den Selbstständigkeitsdrang ihres Sohnes. Sie glaubte, dass die beiden Erzieher ihre Stellung ausnutzten, um sich für die Zeit nach dem Regierungsantritt Carl Augusts Vorteile zu verschaffen. Eigennützig würden sie damit den Thronfolger gegen die Mutter ausspielen. Graf Görtz betrieb tatsächlich ein hinterhältiges Intrigenspiel, um eine vorgezogene Regentschaft Carl Augusts zu erreichen. Wir wissen nicht genau, wann Wieland das ganze Ausmaß dieses höfischen Machtkampfes durchschaut hat. Anna Amalia führte eine ernsthafte Aussprache mit ihrem Sohn, der mit 16 Jahren schon den Herzogtitel wünschte und mitbestimmen wollte. Dann hätte er schon einen eigenen kleinen Hofstaat erhalten, und Graf Görtz wäre noch einflussreicher geworden. Anna Amalia warf ihrem Sohn vor, er lasse sich von Görtz und Wieland zu sehr einnehmen und würde sich von ihr entfremden. Die Herzogin wünschte eine strenge Prinzenerziehung, aber Wieland vertrat eine neue Aufklärungspädagogik. Dabei setzte er auch bewusst das Lob als Mittel der Erziehung ein. Er berücksichtigte die Individualität und Empfindsamkeit seiner Zöglinge, ging auf ihre Eigenheiten und Nöte ein.

Vom Dezember 1774 bis Juni 1775 begaben sich Carl August und Constantin auf die sogenannte Kavalierstour. Begleitet wurden sie vom Grafen Görtz und von Karl Ludwig von Knebel. Auch der Stallmeister Ernst Josias von Stein und der Leibarzt Engelhardt nahmen daran teil. Diese Reise nutzte Carl August auch, um die Prinzessin Louise Augusta von Hessen-Darmstadt wiederzusehen, die er später heiratete. Die Reise führte über Straßburg nach Paris. Auf dieser

Kavalierstour betrieb Graf Görtz sein intrigantes Spiel weiter. Als Carl August nach Weimar zurückkehrte, berichtet Bertuch an Gleim:

„Wir müssen ihm einige Tage Zeit lassen, ... sagte ich zu Wielanden. Dies taten wir, und mit Hilfe unseres Knebels, der uns einige Winke über gewisse Dinge gegeben hatte, entdeckte sich's, dass ihn Graf Görtz während dieser Reise so ganz umstrickt hatte, ... dass es beinahe unmöglich schien, ihm die Binde von den Augen zu reißen."

Carl August ist von Herzen immer gut und edel, nur verführt. Graf Görtz sei ein Feind der Herzogin Anna Amalia. Er wolle sich nicht nur bereichern, sondern habe sogar die Absicht, „selber Herzog zu sein. In diesen Händen liegt Carl August, fühlt und sieht nicht, dass er auf einer Spinnwebe über einem Abgrunde schwebt. In den ersten Tagen war es unserm Wieland nicht möglich", ein vertrautes Gespräch mit ihm zu führen. Immer wich er aus, denn dazu war er von Görtz angewiesen. Dieser war auch ständig bei ihm. „Zum Glück", schreibt Bertuch, starb vorige Woche „Görtzens Schwiegermutter in Gotha", wodurch Görtz gezwungen war, einige Tage Weimar zu verlassen.

Und weiter schreibt Bertuch: „Diesen Augenblick benutzte Wieland; er brach durch, griff Carl August ans Herz, sagte ihm erstaunende Wahrheiten, riss ihm die Binde über Görtz völlig von den Augen. Natürlicherweise wehrte sich Carl August, Meinungen fahren zu lassen, die er bisher immer als Wahrheiten geglaubt hatte; allein Wieland kämpft wie ein Löwe für Wahrheit und gute Sache. Ich möchte ihn anbeten für das, was er gestern und heute getan hat, denn eben gestern und heute sind erstaunend heiße Szenen zwischen ihm und Carl August hierüber vorgefallen. Dieser ist von Grund aus erschüttert."

Wieland stand an der Seite Anna Amalias, Knebels und des Ministers Fritsch. Bertuch berichtet in einem weiteren Brief: „Wieland hat gekämpft wie ein Halbgott, das Herz des armen verstrickten Carl Augusts aus den Netzen eines gefährlichen Mannes herauszuarbeiten." Dies war auch der Wunsch Anna Amalias. Eilig hatte sie den verhassten Grafen entlassen. Alle konnten schließlich aufatmen und Wieland meldet im Juli 1775 zufrieden an Gleim:

„Die Tage der Unruhe sind vorbeigerauscht; ... der Himmel ist wieder heiter. ... Wahrscheinlicherweise wird Carl August mir sobald keine, und vielleicht niemals Ursache geben, mich ganz von ihm zu entfernen. Ich sitze hier ganz gut. ..."

Am 3. September 1775, anlässlich des 18. Geburtstags von Carl August, endete Wielands Amt als Prinzenerzieher. Carl August übernahm nun die Regierung des kleinen Herzogtums Sachsen-Weimar-Eisenach und wurde - genau wie seine Mutter - zu einem der größten Förderer der deutschen Literatur. Der Herzog lud bald danach den 26-jährigen Goethe nach Weimar ein.

Frei von höfischen Verpflichtungen konnte sich Wieland jetzt ganz seinen literarischen Neigungen widmen. Zunächst verwirklichte er den lange gehegten Plan, eine eigene Zeitschrift herauszugeben, den „Teutschen Merkur". Das Vorbild war der „Mercure de France", eine literarisch-politische Monatsschrift. Sie war bis zum Ausbruch der Französischen Revolution das wichtigste Journal des französischen Geistes- und Gesellschaftslebens. Mit dem „Teutschen Merkur" etablierte Wieland einen neuen Zeitschriftentyp in Deutschland. Ehrgeizig wollte er den „Merkur" zu einem „National-Journal" erheben. Aber es war ein gewagtes Unternehmen, denn im Vergleich zum zentralistischen Frankreich war das Heilige Römische Reich Deutscher Nation nicht nur territorial, sondern auch kulturell und religiös gespalten. Wieland wollte von Anfang an eine überregionale und überkonfessionelle intellektuelle Plattform schaffen. Er musste die unterschiedlichen Zielgruppen künftiger Leserinnen und Leser berücksichtigen und setzte auf die Kunst der Vermittlung. Das Spektrum der Beiträge umfasste Literatur, Landeskunde, Reisebeschreibungen, Geschichte, Naturkunde, Kunst, Philosophie, Theologie, Politik, Pädagogik, Medizin, Musik, Ökonomie, Jura, Physiognomik u. a. Wieland war bestrebt, ein Netz von Korrespondenten in allen Gebieten des Heiligen Römischen Reiches Deutscher Nation aufzubauen, die über die neuesten geistigen Entwicklungen berichteten. So finden wir Beiträge über England, Frankreich, Italien, Österreich, Russland und Ungarn. „Der Teutsche Merkur" beeinflusste die Geschmacks- und Urteilsbildung großer Teile des wohlhabenden Bürgertums sowie des Reformadels im Sinne der europäischen Aufklärung und wurde zur bedeutendsten, vielseitigsten deutschen Zeitschrift des ausgehenden 18. Jahrhunderts. Es gelang Wieland, damit ein so breites und allgemeines Lesepublikum zu erfassen, wie dies vorher keinem deutschen Journal gelungen war. Durch die Suche nach geeigneten Beiträgern und durch seine umfangreiche Korrespondenz knüpfte Wieland Verbindungen mit dem In- und Ausland. Die Zeitschrift fand Leser von Schottland bis Riga, wodurch das thüringische Residenzstädtchen in den literarisch interessierten Kreisen Europas bekannt wurde. Auch damit trug Wieland zur Überwindung der provinziellen Enge Weimars bei. Ein schottischer

Theologe und Gelehrter, James Macdonald, teilte ihm mit, dass der »Merkur« dort gut bekannt sei.
Die Resonanz auf den „Teutschen Merkur“ war so überwältigend, dass die Startauflage von 2500 Exemplaren nicht ausreichte. Kurz nach dem Erscheinen wurde ein Raubdruck in Umlauf gebracht. Wieland sprach verärgert von einem „Schurken, der mich bestiehlt“. Im zweiten Jahr ging die Zahl der Abonnenten auf 2000 zurück. 1783 betrug der Absatz noch 1461 Exemplare, sank aber allmählich auf 800 Exemplare im Jahre 1798. Angesichts konkurrierender Zeitschriften und journalistischer Neugründungen war die Auflagenhöhe bis in die 1790er Jahre überdurchschnittlich hoch.

Für die Weimarer Hofbühne verfasste Wieland das Ballett „Idris und Zenide“, die Singspiele „Aurora“ und „Alceste“ und „Die Wahl des Herkules“. Hierbei handelte es sich um eine dramatische Kantate zum 17. Geburtstag des Erbprinzen Carl August. 1777 folgte noch das Singspiel „Rosamund“, später „Rosemunde“ genannt, für das Mannheimer Theater. Das Singspiel „Alceste“ schrieb Wieland nach dem Vorbild „Alkestis“ von Euripides. Alceste ist die Gemahlin des Königs Admet. Dieser ist sterbenskrank. Die Parzen, also die Schicksalsgöttinnen wollen ihm das Leben schenken, falls jemand bereit ist, für ihn zu sterben. Alceste opfert sich. Der genesende Admet verzehrt sich in Sehnsucht nach seiner Gattin. Aber es gibt Rettung. Sein Freund Herkules befreit sie aus dem Totenreich und bringt sie ihm zurück. Am 28. Mai 1773 fand im Weimarer Schloss die Uraufführung der „Alceste“ statt. Die Musik stammt von Anton Schweitzer. Wielands „Alceste“ ist die erste Oper, die von einem Deutschen in deutscher Sprache gedichtet wurde, „in der Sprache, worin Kaiser Karl der Fünfte nur mit seinen Pferden sprechen wollte“, wie Wieland ironisch bemerkte. Er gestaltete den Stoff nach dem empfindsamen Zeitgeschmack und veröffentlichte in seiner Zeitschrift „Der Teutsche Merkur“ zugleich eine Singspieltheorie. Das rief den Spott Goethes hervor. Dieser schrieb an einem Sonntagnachmittag bei einer guten Flasche Burgunder die Farce „Götter, Helden und Wieland“ in einem Zug herunter. Darin hatte er den Verfasser der „Alceste“ als größenwahnsinnigen Salonpoeten und empfindsamen Nörgler attackiert, weil er es gewagt hatte, dem griechischen Tragiker Euripides mangelnde Klarheit und geringe idealisierende Gestaltung des Herkules in seiner „Alkestis“ vorzuwerfen. Goethe argwöhnte eine Entweihung des griechischen Vorbildes. Doch mit diplomatischem Geschick unterlief Wieland diesen Angriff. In einer Anzeige des „Mer-

kur“ empfahl er sogar diese Posse „allen Liebhabern der pasquinischen Manier als ein Meisterstück von Persiflage und sophistischem Witze“. Goethe, dadurch beschämt, merkte, mit wem er es zu tun hatte und bereute diesen Ausfall.

In Göttingen hatte sich ein Freundeskreis patriotisch gesinnter, dichtender Studenten zusammengefunden. Sie nannten sich „Göttinger Hain" und lehnten fremde, besonders französische Einflüsse ab. Wielands Poesie verachteten sie als unsittlich. Während einer Feier zu Klopstocks Geburtstag am 2. Juli 1773 wurde Wielands erotische Verserzählung „Idris und Zenide" zerrissen. Aus den Seiten machten sie Fidibusse, also Papierstreifen, um sich damit die Tabakpfeifen anzuzünden. Heinrich Christian Boie, „der nicht raucht, musste doch auch einen anzünden, und auf den zerrissenen »Idris« stampfen." Am Schluss dieser Klopstock-Feier wurde Wielands „Idris" sogar verbrannt, zusammen mit seinem Porträt. Bücherverbrennung im Jahre 1773! Klopstock wurde vergöttert und Wieland als „Sittenverderber", „Priester der Geilheit" und als „infamer fanzösischer Hundsfott" verteufelt. Zum Vorwurf der „Schlüpfrigkeit" entgegnete Wieland:

„Sobald der Mensch nur ein Glied an seinem Leibe hat, dessen er sich schämen muss, hat er seine Unschuld verloren. Man tadelt es, dass nackte Figuren da aufgestellt werden, wo Mädchen im Hause sind. Hätte ich nur recht viel, ich wollte alle meine Zimmer davon anfüllen. Warum ziehn wir denn den Hunden und Ochsen nicht auch Hosen an? Der heiligste Naturtrieb ist durch Pfafferei entadelt und verschrien worden."

Am 7. November 1775 traf Goethe in Weimar ein. Wieland schrieb schwärmerisch:

„Wie ganz der Mensch beim ersten Anblick nach meinem Herzen war! Wie verliebt ich in ihn wurde, da ich beim Geheimen Rat v. Kalb (wo er wohnt) am nämlichen Tage an der Seite des herrlichen Jünglings zu Tische saß. ... Seit dem *heutigen Morgen* ist meine Seele so voll von Goethen wie ein Tautropfe von der Morgensonne. ... Der Göttliche Mensch wird, denk' ich länger bei uns bleiben, als er anfangs dachte; und wenn's möglich ist, dass aus Weimar was Gescheites werde, so wird es seine Gegenwart wirken."

Eine erstaunliche Prophezeiung! Nach der persönlichen Bekanntschaft der beiden Dichter kam es rasch zur Aussöhnung. Wieland hatte ihm die Farce „Götter, Helden und Wieland" verziehen und war von dem jungen Genie begeistert. Goethe ging bald in Wielands Haus ein und aus. Er spielte mit seinen Kindern und fand in seiner Familie „göttlich reine Stunden". An Johanna Fahlmer berichtet er: „Wieland ist gar lieb, wir stecken immer zusammen, und gar zu gerne bin ich unter seinen Kindern." Neidlos überließ Wieland dem 16 Jahre jüngeren Dichterkollegen die Priorität in Weimar. Schon vier Monate nach dessen Ankunft berichtete er am 11. März 1776 an Merck:

„Unser Goethe hat sich der Welt durch seine *Stella* wieder herrlich geoffenbaret. Wie triumphiert mein Herz über jeden neuen Sieg, den er erhält, jede neue Provinz, die er erobert! Wissen Sie ein ander Beispiel, dass jemals ein Dichter den andern so enthusiastisch geliebt hat? Bald merk' ich, dass es wohl auch mit daher kommen mag, weil ich, gegen ihn, am Ende doch nur ein schwacher Erdenkloß bin. ..."

Und vierzehn Tage später schreibt er ergänzend:

„Für mich ist kein Leben mehr ohne diesen wunderbaren Knaben, den ich als meinen eingebornen einzigen Sohn liebe, und, wie einem echten Vater zukommt, meine innige Freude daran habe, dass er mir so schön *übern Kopf wächst*, und alles das *ist*, was ich nicht habe werden können."

Dadurch, dass Wieland äußerlich das Feld räumte, hatte er als Dichter viel gewonnen. Sein Rückzug ins Private löste eine neue produktive Phase seines Schaffens aus. Es entstanden in rascher Folge poetische Meisterwerke, wie die „Geschichte der Abderiten", „Geron, der Adlige", „Schach Lolo", „Pervonte", „Oberon" und andere. Wieland verteidigte den jungen Stürmer und Dränger auch gegen böse Gerüchte und beschwichtigte Merck:

„Wegen Goethen bitt' ich Sie ewig ruhig zu sein. ... Ihr werdet sehen, dass er sogar in diesem Hefen der Zeit, worin wir leben, große Dinge tun u[nd] eine glänzende Rolle spielen wird. Lasst die schäbichten

Kerls schwatzen. Graf Görtz rüstet sich nun auch, in eure Gegenden u[nd] nach Mainz und Mannheim zu gehen, und dort alles gegen Goethen und mich aufzuwiegeln. Der Elende! – Nichts weiter von dem Geschmeiß. Kommt nur einmal und seht selbst, wie wir's treiben. Es gereut euch gewiss nicht."

Goethe habe „bei all seiner anscheinenden u[nd] würklichen Naturwildheit", im kleinen Finger mehr Betragen und Tüchtigkeit „als alle Hofschranzen ... und politischen Kreuzspinnen zusammengenommen. ..." Goethe arbeitete an Wielands Zeitschrift „Der Teutsche Merkur" mit und half ihm auch bei der Gewinnung von Autoren. Der Darmstädter Schriftsteller und Kriegsrat Johann Heinrich Merck schrieb für den „Teutschen Merkur" scharfzüngige Rezensionen. Wieland ermunterte ihn im Frühjahr 1776:

„... Fahren Sie immer fort und widerstehen Sie dem Teufel, wenn er Ihnen einblasen will, dass rezensieren, wie Sie rezensieren, nicht eine so edle, wohltätige und hochwichtige Sache sei, als irgendein

andres Geschäft in der Welt; Kindermachen ausgenommen, welches schlechterdings das allerherrlichste ist, was ein Mann tun kann, wenn's auch nur lauter hübsche Mädchen waren, was er macht, welches seit 20 göttlichen Jahren mein Kasus ist."

Wieland litt fast permanent unter Manuskriptmangel. Bis in die neunziger Jahre des 18. Jahrhunderts war er oft selbst der fleißigste Autor des »Merkur« und rückte auch eigene poetische Arbeiten ein, bevor sie in Buchform erschienen, z. B. die »Geschichte der Abderiten«, die von 1774 bis 1781 als Fortsetzungsroman erschien, 1780 den »Oberon« sowie historisch-philosophische und ästhetische Essays. Goethe spottete über die Beiträge, die als Fortsetzung in größeren zeitlichen Abständen veröffentlicht wurden. Dazu äußerte er sich abfällig: „In dem Sau Merkur ist's doch, als ob man was in eine Kloake würfe, es ist recht der Vergessenheit gewidmet und so schnitzelweis genießt kein Mensch was." Aber durch Wielands konziliantes Verhalten wurden Meinungsverschiedenheiten rasch beigelegt und der vertrauliche Umgang bald wieder hergestellt. Sie duzten sich auch, was zwischen Goethe und Schiller nicht der Fall war.

Im März 1776 schrieb Wieland an Gleim:

„Ihr wisst doch, lieber Bruder, daß *Herder* als Generalsuperintendent zu uns kommt? Denkt doch, was Carl August aus Weimar macht! und noch machen wird!"

Wieland hatte zuerst die Anregung zu Herders Berufung nach Weimar gegeben, die auf Goethes Betreiben am 12. Juni 1776 durch den Herzog Carl August erfolgte. Am 1. Oktober traf der Theologe, Religions- und Geschichtsphilosoph, der Sprach- und Volksliedforscher, Literaturkritiker und Dichter mit seiner Frau Caroline und den beiden Söhnen, aus Bückeburg kommend, im thüringischen Ilmstädtchen ein. Wieland begrüßte auch ihn hocherfreut und teilte Gleim sogleich mit:

„Der Mann Gottes, mit seinem lieben Engel an der Seite, ist ... glücklich bei uns angekommen. - Beim ersten Anblick flog ihm meine

Seele entgegen. Wir blieben gleich zwo Stunden beisammen, und die Freude über Herders Dasein vergoldete mir den ganzen Tag. ... Kommt, lieber Bruder Gleim. ... Und seht mit euern eigenen Augen, dass Weimar, das von bösen Buben und Toren so verlästerte Weimar, die wahre Arche Noä ist, wohin sich die wenigen Guten aus einer verdorbenen Welt vor der herannahenden Sündflut retten können."

Und an Merck schreibt Wieland:

„Weimar ist seiner nicht wert; aber wenn ihm nur leidlich wohl bei uns sein kann, so ist Weimar so gut als ein andrer Ort. Und wenn *Goethens* Idee stattfindet, so wird doch Weimar noch der Berg Ararat, wo die guten Menschen Fuß fassen können, während dass allgemeine Sündflut die übrige Welt bedeckt."

„Unser kleines *Weimar*" scheine, „wie ehemals *Bethlehem-Juda*, jetzt nicht die kleinste unter den Töchtern Deutschlands" und sei „gewissermaßen der Gegenstand der allgemeinen Aufmerksamkeit geworden". Doch Wieland fühlte durch den Neuankömmling, dass seine Stellung im Weimarer Geistesleben allmählich an Einfluß verlor. So bekannte er gegenüber Friedrich Heinrich Jacobi:

„Von Herder wollte ich Dir gerne viel schreiben; denn meine ganze Seele ist voll von dem herrlichen Manne. Aber er ist mir zu groß, zu herrlich; ich kann nicht von ihm reden. Und gerade dies - dass sein Geist zu groß ist - ist hier in Weimar eine Art von Unglück für ihn. Außer Goethe - der aber gerade am wenigsten mit ihm leben kann, weil er für den Herzog und seine leidige Ministerschaft leben muss - außer Goethe, wer ist hier ein Mann für Herder? Wer kann nur mit ihm *gehen*, geschweige im Geist mit ihm *ringen*, ihn im Atem erhalten? Ich selbst, lieber Bruder, fühle, wie wenig ich ihm sein kann. Fühlen, einsehen, durchschauen, was er ist, und ihn *lieben*, mehr, als ihn noch ein Sterblicher geliebt hat, das kann ich; aber wie unzulänglich ist das für einen so tief denkenden, allumfassenden, mächtigen Genius! ... Die Einwohner von Weimar waren gegen ihn präokkupiert [voreingenommen]. Trotzdem hat er gleich durch seine erste Predigt großen Eindruck gemacht und ... alle Herzen gewonnen. Er predigt, wie noch niemand gepredigt hat, so wahr, so simpel, so fasslich, und doch alles so tief gedacht, so rein gefühlt, so schwer an Inhalt!"

Seine Predigt sei „himmelweit von dem Begriffe und der Lehrart unserer Mode-Theologen unterschieden."

Die Herzogin-Mutter Anna Amalia bewohnte nach dem Schlossbrand, der sich am 6. Mai 1774 ereignet hatte, das Wittumspalais und erhob es zum geselligen Mittelpunkt des literarischen und künstlerischen Lebens. Hier traf sich die Tafelrunde.

Als am 20. Januar 1780 Wielands vierter Sohn geboren wurde, stand der Dichter kurz vor dem Abschluss seiner »Oberon«-Dichtung. Der Herzog Carl August schrieb belustigt an Merck in Darmstadt:
„Wieland hat einen Buben ganz in incognito gemacht und so gebären lassen. Er dünkt sich nicht wenig, einen Jungen und »Oberon«

zu gleicher Zeit machen zu können. Dessen rühmte er sich noch vor kurzem in einer Gesellschaft."

Am 21. Juli 1787 kam Friedrich Schiller nach Weimar. Goethe hielt sich zu dieser Zeit in Italien auf und der Herzog in den Niederlanden. So besuchte Schiller seinen, um 26 Jahre älteren schwäbischen Landsmann Wieland und wurde freundlich empfangen. Wieland bot ihm eine Mitarbeit an seiner Zeitschrift „Der Teutsche Merkur" an. Schiller veröffentlichte darin 1788 die Einleitung zur „Geschichte des Abfalls der vereinigten Niederlande von der spanischen Regierung", den Abschnitt „Niederländische Rebellion unter Philipp dem Zweiten", sein Gedicht „Die Götter Griechenlands", die „Briefe über den Don Carlos" und im folgenden Jahr das Gedicht „Die Künstler" sowie seine Jenaer Antrittsvorlesung „Was heißt und zu welchem Ende studiert man Universalgeschichte?" Von 1787 bis 1789 waren die persönlichen Kontakte und die literarische Zusammenarbeit sehr intensiv. Schiller bewunderte Wielands umfassende und gründliche Kenntnisse des klassischen Altertums und verdankte ihm wichtige ästhetische Denkanstöße. So wurde

das programmatische Gedicht „Die Künstler“ in kreativem Gedankenaustausch mit Wieland überarbeitet und in seiner endgültigen Gestalt sogar wesentlich von diesem beeinflusst. Für Schillers „Geschichte des Dreißigjährigen Kriegs“ verfasste Wieland eine brillante Vorrede. Obwohl es zunächst den Anschein hatte, als könnte sich eine enge Freundschaft zwischen den beiden schwäbischen Dichtern entwickeln, erwiesen sich doch ihre Charaktere sowie ihre poetischen und wirkungsästhetischen Konzeptionen als zu verschieden. Wie sich sein Verhältnis zu Wieland abgekühlt hatte, zeigt ein Brief Schillers an den Verleger Johann Friedrich Cotta, in dem er erklärte, er wolle Wieland vorschlagen, „den »Teutschen Merkur« eingehen zu lassen“, wenn erst seine Zeitschrift »Die Horen« herauskommt.

„Soviel als der »Merkur« ihm einträgt, kann er bei uns nicht verdienen, ohne sich weit mehr anzustrengen, als er bei dem »Merkur« nötig hat. Für den »Merkur« ist jeder schlechte Aufsatz gut genug, und für uns müsste er ganz andere Arbeit liefern, die ihm jetzt vielleicht nicht mehr möglich ist. Er ist auch sehr furchtsam, in seinen alten Tagen noch einen Wettkampf mit jungen und rüstigen Autoren zu wagen, und ich weiß es von einer andern Gelegenheit her, dass er sich vor der Vergleichung mit andern fürchtet, der er doch in den »Horen« ausgesetzt sein würde.“

Ja, Schiller rechnete sogar damit, dass der »Merkur« nach dem ersten Jahrgang der »Horen« von selbst fallen werde. Schillers kühne Prognose entbehrte indes jeder Grundlage, denn nicht Wielands Zeitschrift, sondern seine eigene musste bereits nach drei Jahrgängen, im Jahre 1797 ihr Erscheinen einstellen. Wielands „Teutscher Merkur“ hingegen erschien insgesamt 37 Jahre lang, von 1773 bis 1810 (ab 1790 unter dem Titel „Neuer Teutscher Merkur“). Die Zeitschrift war das langlebigste journalistische Unternehmen seiner Zeit. An der Zeitschrift arbeiteten auch Johann Georg Jacobi, Johann Jakob Wilhelm Heinse, Wielands Schwiegersohn Karl Leonhard Reinhold und Herder mit. Insgesamt waren etwa 1500 Autoren, Bearbeiter und Übersetzer sowie etwa 100 Künstler am „Teutschen Merkur“

beteiligt. Friedrich Justin Bertuch war zeitweilig Mitherausgeber und Teilhaber des Journals.

Bereits 1785, vier Jahre vor dem Ausbruch der Französischen Revolution, hatte Wieland die Pressefreiheit als unabdingbares „Recht der Schriftsteller" gefordert. Während der Ereignisse in Frankreich verfasste Wieland für seine Zeitschrift „Teutscher Merkur" insgesamt achtzehn, teilweise umfangreiche Aufsätze zur Französischen Revolution, in denen er die wichtigsten Geschehnisse - anfangs nicht ohne Sympathie, insgesamt aber vernünftig abwägend - kommentierte. Anders als die meisten seiner Weimarer Zeitgenossen nahm er hierbei unmittelbar zu den politischen Tagesereignissen Stellung. Über den Verlauf der Französischen Revolution informierte er sich durch die regelmäßige Lektüre der französischen Tageszeitung „Le Moniteur" sowie aus dem »Journal de Paris«, die er abonniert hatte. Wielands Berichterstattung wirkte meinungsbildend auf die Leser seiner Zeitschrift. Aber den weiteren Verlauf der Revolution, besonders die Jakobinerdiktatur und die Machtkämpfe der Fraktionen, missbilligte Wieland, da er ein Anhänger der konstitutionellen Monarchie nach englischem Vorbild war. Dennoch bekannte er:

„Mein Trost bei allem diesem ist, dass das mannichfaltige Gute, das die Französische Revolution mitten unter den grässlichsten Ausbrüchen des aristokratischen und demokratischen Fanatismus und aller übeltätigen Leidenschaften, in Bewegung gebracht hat, für die Menschheit nicht verloren gehen, sondern nach und nach, im stillen und ohne gewaltsame und erschütternde Bewegungen tausendfältige Früchte tragen wird. Denn nichts Gutes kann verloren gehen. ..."

Wieland formulierte hier gewissermaßen das politische Programm der Weimarer Klassik, das in einer Art Läuterung der Revolution unter Beibehaltung ihrer Ziele besteht.

Neben Shakespeare hat Wieland auch antike Autoren übersetzt, wie die Briefe und Satiren von Horaz, sämtliche Werke von Lukian, einige Komödien von Aristophanes, Schriften von Xenophon, Dramen von

Euripides und die Briefe Ciceros. Durch diese Vermittlung fremdsprachiger Dichtungen gab Wieland dem deutschen Publikum noch vor Goethe einen Begriff von Weltliteratur, und tatsächlich hat er 1790 diese Bezeichnung geprägt, während er bei Goethe erst 37 Jahre später vorkommt.

Die Familie des Dichters vergrößerte sich beträchtlich, so dass selbst die Herzogin Anna Amalia belustigt schrieb:

Wieland „hat ... schon wieder taufen lassen. Ich fürchte, er wird dünn und ein wenig die Nachwirkungen spüren von dem häufigen Entbinden seiner Frau und des »Merkurs«. Er scheint aber an beiden viel Spaß zu finden, also muss man ihn machen lassen, jedem nach seiner Verrücktheit."

Goethes Mutter sprach sogar von „Wielands Kinderfabrik" und teilte der Herzogin Anna Amalia mit:

„Merck ist an Wielands Kinderfabrik, so wahr ich lebe, viel schuld, wenigstens von 1776 an gerechnet. - Hören Ihro Durchlaucht nur, so schreibt er dem guten Wieland:

Lieber Herr und Bruder mein,
Hier ein Stück echten Rheinischen Wein.
Ihr sollt dabei fröhlich zechen und lachen,
Kinder wohl - aber nicht Verse machen
usw.

Das befolgt nun der gute Mann so, und hat dabei kein Arg in seinem Herzen. - Nun wohl bekomme es ihm."

In einem anderen Brief beauftragt Goethes Mutter Wieland am Schluss ihres Schreibens: Grüßt „Euer Weib, das ein rechter fruchtbarer Weinstock ist." Wieland war ein treu sorgender Familienvater und freute sich über seinen Kinderreichtum:
„... Meine süßesten Augenblicke sind, wenn ich das ganze Häufchen der kleinen krabblichen ... Äffchen und Engelchen um mich herum habe."

„Meine größte Glückseligkeit finde ich in meinem Hause, bei Weib und Kindern. Die Anzahl der letztern wird sich zwar bald bis auf sieben erstrecken, aber wenn sie so fortfahren und ferner gedeihen wie bisher, so schätze ich sie für einen wahren Segen, und freue mich, auch von dieser Seite kein unnützes Glied der menschlichen Gesellschaft zu sein. Ein so zahlreiches Hauswesen erfordert freilich viel; aber wir tun das unsrige, und verlassen uns übrigens auf den, der alles, was er erschaffen hat, erhält und versorgt, was wir nicht versorgen können."

Als ihn der Dichter Gleim nach Halberstadt einlädt, antwortet ihm Wieland, dessen Kindersegen sich inzwischen auf neun erhöht hatte:

„Wie gern möchte ich zu Ihnen fliegen, aber wie könnte ich mich von meiner Frau und meinen neun Kindern trennen. ... Aber Sie, bester Gleim, können uns besuchen. Kommen Sie zu uns und sehen Sie, wie sich's in meinem Hause lebt, wo alle Augenblicke aus irgendeinem Winkel ein Bübchen oder Mädchen hervorgekrochen kommt."

Nach 22-jähriger Ehe berichtet Wieland:

„Meine Frau ist ... eines der vortrefflichsten Geschöpfe Gottes in der Welt - ein Muster jeder weiblichen und häuslichen Tugend, frei von jedem Fehler ihres Geschlechts, mit einem Kopf ohne Vorurteile und mit einem moralischen Charakter, der einer Heiligen Ehre machen würde. Die zweiundzwanzig Jahre, die ich nun mit ihr lebe, sind vorbeigekommen, ohne dass ich nur ein einziges Mal gewünscht hätte, nicht verheiratet zu sein; im Gegenteil ist sie und ihre Existenz mit der meinigen so verwebt, dass ich nicht acht Tage von ihr entfernt sein kann, ohne etwas dem Schweizer-*Heimweh* ähnliches zu erfahren. Von dreizehn Kindern, die sie mir geboren hat, leben zehn liebenswürdige, gutartige, an Seel' und Leib gesunde Geschöpfe, die nebst ihrer Mutter das Glück meines Lebens ausmachen. ... In allen meinen *Liebesaventuren* war viel *Illusion*, und reine Glückseligkeit kenne ich erst seit dem 21. Oktober 1765, als der Epoche meiner Verheiratung."

Wielands Frau brachte insgesamt vierzehn Kinder zur Welt, neun Töchter und fünf Söhne. Im Herbst 1766 hatte sie eine Fehlgeburt. Von den vierzehn Kindern erreichten nur neun das Erwachsenenalter, denn die Kindersterblichkeit war im 18. Jahrhundert sehr hoch.

Als 1789 das jüngste Kind, die Tochter Luise geboren wurde, war der Dichter 56 Jahre alt und hatte bereits zwei Enkelkinder. Der Theologe Wölfling, der 1796 bei Wieland zu Gast war, stellte sogar die rekordverdächtige Behauptung auf:

„Kein Schriftsteller war imstande, die Welt zugleich mit Produkten seines Geistes und seiner Lendenkraft zu beschenken wie Wieland. Die Zahl seiner Kinder wird der Zahl seiner Werke ziemlich gleichkommen."

Wieland hob vor allem die persönlichkeitsfördernde, produktive Seite der Liebe hervor, indem er schrieb:

„Die Liebe zu einem Weibe, das wir als die Hälfte unsers Wesens ansehen, die Liebe zu Kindern, in welchen wir uns selbst wieder hervorgebracht und verfielfältigt sehen, – diese Liebe ist fähig, uns der Trägheit zu entreißen, die den einzelnen Menschen mit jedem leidlichen Zustande zufrieden macht. Sie macht uns auf die kleinsten Bedürfnisse dieser geliebten Gegenstände aufmerksam und setzt alle unsere Fähigkeiten in Bewegung, ihnen zuvorzukommen. Nicht zufrieden, dass diese werten Geschöpfe nur *leben* sollen, wollen wir, dass sie *angenehm* leben. Wir arbeiten, wir erfinden, wir bessern unsre Erfindungen aus und gefallen uns in einer Geschäftigkeit, welche diejenigen, die wir lieben, glücklicher macht."

Dagegen warnte Wieland, dass alles dies aufhöre, „sobald die *zärtlichen Familienbande* aufgelöst" werden. In einem Aufsatz über die „Pythagorischen Frauen" setzte Wieland seiner eigenen Frau Anna Dorothea bereits zu ihren Lebzeiten ein literarisches Denkmal.

Der »poetische Landjunker« von Oßmannstedt 1797-1803

Der »poetische Landjunker« von Oßmannstedt 1797-1803

Im Alter von dreiundsechzigeinhalb Jahren, am 15. März 1797, erwarb Wieland für 22 000 Reichstaler das nordöstlich von Weimar gelegene Gut in Oßmannstedt. Er verwirklichte damit einen langgehegten Wunsch, in ländlicher Umgebung, auf eigenem Besitz und weitgehend unabhängig vom weimarischen Hof arbeiten zu können.

Das zweistöckige barocke Gutshaus hatte sich der Weimarische Minister Reichsgraf Heinrich von Bünau ab 1757 als Alterssitz errichten lassen. Von Ende April bis Ende September 1795 hatte der Philosoph Johann Gottlieb Fichte im Gutshaus gewohnt und hier seine „Wissenschaftslehre" vollendet.

Am 25. April 1797 begann der Umzug der Familie Wieland. Es waren mehr als 20 Fuhren nötig, um das ganze Hab und Gut von Weimar nach Oßmannstedt zu transportieren. Der Ort hatte damals 90 Einwohner. So zog der Dichter mit seiner Frau Anna Dorothea, mit zwei Söhnen, vier Töchtern und vier Enkelkindern in sein »Osmantinum«, wie er das Gut in Anlehnung an Horaz' Sabinum und Ciceros Tusculum bezeichnete.

Mit dem Kauf des Gutes hatte sich der Dichter finanziell übernommen und befand sich fortan unter dem Druck von Geldsorgen. Sein Verleger Georg Joachim Göschen gab von 1794 bis 1811 Wielands sämtliche Werke heraus, die gleichzeitig in vier verschiedenen Formaten bzw. Ausstattungen erschienen. Es war die erste Gesamtausgabe eines deutschen Dichters zu dessen Lebzeiten. Wieland stellte fest: „... Ich werde, um nicht gar müßig zu sein, in meinen alten Tagen noch Grabscheit und Rechen und Gartenmesser handhaben lernen müssen." Seinen Sohn Karl setzte er als Gutsverwalter ein. Auch die Töchter halfen tüchtig mit, in Küche und Garten, beim Flachsziehen und Spinnen sowie bei der Butter- und Käsezubereitung.

Wieland berichtet: „Ich habe Reparaturen und Veränderungen vorgenommen, [habe] geackert, gesät und gepflanzt." Weiter heißt es: „Ich habe geschrieben, übersetzt und redigiert." - Also Dichter und Gutsbesitzer in einer Person. Scherzhaft bezeichnete er sich als „poetischen Landjunker". Stundenlang habe er Maulwurfshügel geebnet und Steine von seinen Äckern gelesen, so dass er dabei ins Schwitzen kam und von seiner Frau tüchtig ausgescholten wurde. An Gleim schrieb der neue Gutsbesitzer:

„Indessen wachsen mir ... Erbsen, Bohnen, Gurken, Salat und Kohl und Gemüse und Wurzeln aller Art für meinen Tisch, und Gras und Kraut und Runkelrüben für das liebe Vieh; auch lässt es Pomona nicht an Äpfeln, Birnen und Pflaumen fehlen, und der Freudengeber Bacchus verspricht mir an meinen Traubengeländern einen ... reichen Herbst. ..."

Im Herbst 1797 erntete Wieland „Gutedel", eine ertragreiche Rebsorte, mit kleinen hellgrünen oder rötlichen Beeren „von den Stökken an der mittäglichen [d. h. südlichen] Mauer" seines Gartensaals. Der Wein war „so süß und geistvoll (des Lebensgeistes nämlich), ... als man in diesem eh'maligen Wohnsitz der altdeutschen Bären und Lüchse nur immer wünschen darf."

So beschreibt Wieland seinen Alltag auf dem Lande. Als Gutsbesitzer interessierte er sich auch für landwirtschaftliche Neuerungen. Deshalb ließ er einen großen Teil seiner Äcker mit Klee bepflanzen, wie es die verbesserte Dreifelderwirtschaft vorsah. Als ihn der Berliner Schriftsteller und Zeitungsredakteur Garlieb Merkel im Sommer 1798 besuchte, wunderte sich dieser, dass Wieland soviel Klee angepflanzt habe. Der Dichter sagte, er habe bei einem Spaziergang durch seine Felder beobachtet, mit welchem Wohlbehagen und welcher Dankbarkeit eine Kuh davon gefressen hatte. Dennoch fand es Garlieb Merkel sonderbar, dass er diesem Kraut einen so großen Teil seiner Felder eingeräumt habe, doch Wieland beharrte darauf und meinte, man erfülle nur eine Pflicht, wenn man „den Tieren, die man nun einmal zu häuslichen Sklaven gemacht habe, die Genüsse eines höhern Wohllebens" verschaffe.
Wieland ließ für 4000 Reichstaler Ställe und Scheunen errichten. Im März 1800 hatte er „17 Personen (12 zur Familie gehörig, 3 Mägde und zwei Knechte), 14 Stück Rindvieh, alt und jung, etlich und achtzig Stück Schafvieh, vier Pferde und 5 Schweine zu ernähren. Das sind viele menschliche und tierische Mäuler. ..."

In Wielands Bibliothek gelangten nun auch landwirtschaftliche Bücher über Obstbau, Viehzucht und Feldwirtschaft. Wielands Bibliothek ist ein Spiegel seiner universalen Bildung, seines umfangreichen literarischen und journalistischen Schaffens, seiner Übersetzertätigkeit und europäischen Geisteshaltung. Neben den römischen und griechischen Klassikern besaß er vor allem französische Literatur. Aber er hatte auch Bücher zur Geschichte, Politik und zu den Naturwissenschaften. Sein Sekretär Lütkemüller schätzte Wielands Buchbestand auf etwa 6000 Bände.

Oßmannstedt war für Wieland kein Ruhesitz eines Müßiggängers, sondern wurde zum wichtigsten Ort seiner Alters-Kreativität. Hier vollendete er den Roman „Agathodämon" und schrieb seinen großen Altersroman „Aristipp und einige seiner Zeitgenossen". Auch der Märchen- und Novellenzyklus „Das Hexameron von Rosenhain" (zunächst unter dem Titel „Pentameron von Rosenhain"), und der Briefroman „Menander und Glycerion" entstanden in Oßmannstedt. Wielands hier entstandenen Alterswerke stellen gewissermaßen die Summe seines Schaffens dar. Außerdem übersetzte er Werke von Aristophanes, Xenophon und Euripides. 1796 hatte er die Redaktion des „Neuen Teutschen Merkur" an Karl August Böttiger übertragen, blieb aber weiterhin Herausgeber. Im gleichen Jahr hatte Wieland ein neues Journal begründet, das „Attische Museum". Es erschien bis 1803 (später unter dem Titel „Neues Attisches Museum"). Darüber hinaus plante Wieland - gemeinsam mit Karl August Böttiger und mit dem Gothaer Philologen, Schriftsteller und Übersetzer Christian Friedrich Wilhelm Jacobs - ein „Theater der Griechen" herauszugeben, das eine Übersetzung aller noch vorhandenen griechischen Schauspiele enthalten sollte. Zusätzlich erwog er den Gedanken, eine weitere Zeitschrift zu begründen, die den Titel „Oßmannstedtische Unterhaltungen" bekommen sollte. Diese Pläne wurden jedoch nicht ausgeführt.

Auf seinem Landgut empfing der Dichter etwa 110 Gäste aus vielen Teilen Deutschlands und Europas. Goethe wurde Wielands Feldnachbar, denn dieser erwarb 1798 ebenfalls ein Landgut in Oberroßla bei Apolda. So besuchten sie sich gegenseitig. Herder kam mit seiner Frau öfters zu Besuch, Wielands Verleger Georg Joachim Göschen, der Dichter Jean Paul, die Herzoginmutter Anna Amalia, Karl August

Böttiger, Karl Ludwig von Knebel, auch Ernst Moritz Arndt, Friedrich Johann Justin Bertuch, Johann Gottfried Seume, der Bildhauer Johann Gottfried Schadow, Johannes Daniel Falk, Clemens Brentano, Wielands Jugendliebe Sophie von La Roche mit ihrer Enkelin Sophie Brentano u. a.

Auch Gäste aus Holland, Dänemark, Schweden, Großbritannien (aus England und Schottland), Frankreich, Portugal, Italien, Österreich und aus der Schweiz kamen zu Wieland nach Oßmannstedt. Das kleine Dorf erlangte dadurch weltliterarische Bedeutung.

Sophie Brentano kehrte im Juli 1800 allein nach Oßmannstedt zurück und wurde wie eine eigene Tochter in Wielands Familie aufgenommen. Aber sie litt an „einer der sonderbarsten und verwickeltesten Nervenkrankheiten" und starb am 20. September 1800. Sie wurde nur 24 Jahre alt. Wieland ließ sie in seinem Garten am Ufer der Ilm begraben.

Am 8. November 1801 starb Wielands Frau Anna Dorothea, mit der er 36 Jahre in glücklicher Ehe gelebt hatte. Der Dichter befand sich in einer tiefen Lebenskrise. Trost suchte er in der Arbeit: „Ich arbeite viel, aber es ist, als ob mir die Schwingfedern gestutzt seien; sonst arbeitete ich mit Freude, mit Munterkeit, itzt mühsam, entgeistert, schwerfällig."

Anfang November 1802 kam der 25jährige Heinrich von Kleist nach Oßmannstedt. Wieland nahm ihn gastfreundlich auf. Kleist verbrachte sogar das Weihnachtsfest 1802 im Kreise der Wielandschen Familie. Anfang Januar 1803 lud Wieland erneut den jungen Dramatiker in sein Gutshaus ein, wo dieser bis zum 24. Februar wohnte. Hier arbeitete er an seinem Trauerspiel „Robert Guiskard, Herzog der Normänner." Am Kamin rezitierte er aus dem Stegreif einige Szenen daraus. Wieland erkannte Kleists große dramatische Begabung. Im Gegensatz zu Goethe zeigte Wieland für die Modernität dieses Autors viel Verständnis. Er ermutigte ihn, das Stück unbedingt zu vollenden. Lange Zeit richtete sich Kleist an Wie-

lands Zuspruch auf und sprach vom „stolzesten Augenblick" seines Lebens.

Wielands jüngste Tochter, die erst knapp 14-jährige Luise, nannte Kleist einen „zaub'rischen Menschen" und fasste eine tiefe Zuneigung zu dem jungen Dramatiker, die aber von ihm nicht erwidert wurde.
Trotz der liebevollen Aufnahme in Wielands Familie verließ der stets rastlose Kleist bald darauf Oßmannstedt. Seiner Schwester Ulrike teilte er mit: „Ich habe das Haus mit Tränen verlassen, wo ich mehr Liebe gefunden habe, als die ganze Welt zusammen aufbringen kann. ..."

Im Frühjahr 1803 verkaufte Wieland das Gut an den Hamburger Kaufmann Dr. Christian Johann Martin Kühne, der ihm dafür 31.900 Reichstaler zahlte. Wieland zog zurück nach Weimar, doch wehmütig bekannte er:
„Ich habe diesem Oßmannstedt doch auch viele selige Stunden zu verdanken. ... Dieser reinen Natur- und Genussfülle entkeimte die schönste Blüte meines Alters, mein *Aristipp*, der ohne diesen stillen Selbstgenuss, ohne dies heitere Land- und Gartenleben nie empfangen und geboren worden wäre. Er ist mein Liebling, ja er ist mir mehr als Agathon."

Letzte Jahre in Weimar 1803-1813

Letzte Jahre in Weimar 1803-1813

Anfang Mai 1803 bezog Wieland ein Haus mit Garten in der Nähe des Weimarer Hoftheaters (heute: Wielandstraße 1). Er wohnte nur wenige Schritte vom Wittumspalais entfernt, dem Witwensitz der Herzogin-Mutter Anna Amalia. Wieland genoss ihre Gesellschaft sowie den freundschaftlichen Umgang mit Goethe. Doch es wurde einsamer. Freunde und Weggefährten wurden aus dem Leben gerissen. Am 18. Dezember 1803 starb Herder; am 9. Mai 1805 Schiller. Zwei Jahre später folgten die Herzogin-Mutter Anna Amalia sowie deren Hofdame Luise von Göchhausen. Auch Sophie von La Roche starb 1807.

Einst hatte Wieland verkündet: „Den größten Teil meines Lebens bringe ich schreibend zu." Diesem Grundsatz blieb er auch im Alter

treu. 1806 begann er sämtliche Briefe Ciceros zu übersetzen. Schon während seiner Schulzeit in Klosterbergen hatte er sich für diesen römischen Schriftsteller, Redner und Staatsmann begeistert: „Cicero aber liebte ich am meisten." Mit 74 Jahren arbeitete Wieland so intensiv an dieser Übersetzung, dass er im September 1807 drei Wochen lang nicht das Haus verließ. Dazu meinte er, Cicero lasse ihm „Tag und Nacht keine Ruhe". Hierbei sehe er nur zwei Möglichkeiten: „Siegen oder sterben ist die Losung."

Während der Doppelschlacht bei Jena und Auerstedt im Oktober 1806 wurde auch Weimar zum Aufmarschgebiet durchziehender Truppenverbände. Um eine Plünderung zu verhindern, erhielt Wieland eine Leibgarde. Bereits im März 1798 hatte er der französischen Republik das Ende prophezeit und in Napoleon Bonaparte den künftigen Diktator erkannt. Dieser empfing ihn und Goethe am Abend des 6. Oktober 1808 zu einer Unterredung im Weimarer Schloss und verlieh beiden den Orden der Ehrenlegion. Wieland nannte man den „deutschen Voltaire". Auch Napoleon sprach ihn so an: „Nous vous appelons le Voltaire de L'Allemagne.» (Wir nennen Sie den Voltaire Deutschlands). Die Franzosen verehrten „in ihm den verdienten weltberühmten Schriftsteller".
Auch die französische Schriftstellerin Madame de Staël war von Wieland begeistert und feierte ihn als verdienstvollen Brückenbauer zwischen der deutschen und französischen Literatur. Sie stellte ebenfalls Ähnlichkeiten zwischen den Schriften Voltaires und Wielands fest und erklärte:

„Von allen Deutschen, die in dem Geiste der französischen Schriftsteller geschrieben [haben], ist Wieland der einzige, in dessen Werken man Genie findet. [...] Es gab in Deutschland eine große Zahl von Schriftstellern, die es versuchten, in die Fußstapfen der französischen Literatur [...] zu treten. Wieland ist der erste, der mit Erfolg [den französischen Geist] des 18. Jahrhunderts einführte. In seinen Prosaschriften findet sich einige Ähnlichkeit mit Voltaire. [...] Aber durch diese gewollte Ähnlichkeit blickt seine durchaus deutsche Natur überall hervor. Wieland ist unendlich unterrichteter als Voltaire und hat die Alten auf eine viel gelehrtere Weise studiert als je ein französischer Dichter."

Madame de Staël meint, Wielands „Werke haben, selbst in Übersetzungen, das Interesse von ganz Europa erregt.«

Am 1. April 1809 trat Wieland der Freimaurerloge bei. Hin und wieder besuchte er den literarischen Salon der Johanna Schopenhauer. Auch ihren Sohn Arthur lernte er im April 1811 kennen. Wieland hatte ihn zu sich bestellt, um über den Zweck seiner Studien mit ihm zu reden. Arthur Schopenhauer studierte seit Ende September 1809 in

Göttingen Medizin, hatte sich aber nach einem halben Jahr als Student der Philosophie eingeschrieben. Wieland sollte ihm, wohl auf Johannas Bitte hin, diesen Wechsel ausreden. So riet er ihm auch ab, „lediglich Philosophie zu studieren, was doch kein solides Fach wäre. ›Das Leben‹, antwortete ihm Arthur Schopenhauer, ›ist eine missliche Sache: ich habe mir vorgesetzt, es damit hinzubringen, über dasselbe nachzudenken.‹
Im Verlauf der Unterredung sagte Wieland mit Wärme: ›Ja, es scheint mir jetzt selbst, Sie haben das Rechte gewählt, junger Mann; ich verstehe jetzt ihre Natur; bleiben Sie bei der Philosophie.‹" Kurze Zeit nach diesem Besuch von Arthur Schopenhauer traf Wieland dessen Mutter und sagte lebhaft zu ihr: „Ich habe neulich eine höchst interessante Bekanntschaft gemacht, Madame Schopenhauer. Wissen Sie auch mit wem? Mit Ihrem Sohn! Ah, es war mir sehr lieb, diesen jungen Mann kennenzulernen, aus dem wird noch einmal etwas Großes werden." Diese Prophezeiung hat sich in der Tat erfüllt. Johanna Schopenhauer teilte diesen günstigen Eindruck Wielands ihrem Sohn brieflich mit. Und dieser hat sich stets dankbar an diese einfühlsame Aufmunterung durch den Dichter erinnert.

Bis zuletzt arbeitete Wieland an der Übersetzung von Ciceros sämtlichen Briefen.

Am 20. Januar 1813 starb er um Mitternacht an „Entkräftung und Schlagfluss" (Schlaganfall). Beigesetzt wurde er im Oßmannstedter Park an der Ilm, an der Seite seiner Gemahlin und Sophie Brentanos. Das Grabmal, ein dreiseitiger Obelisk, trägt die von Wieland verfasste Inschrift:

„Liebe und Freundschaft umschlang die verwandten Seelen im Leben,
Und ihr Sterbliches deckt dieser gemeinsame Stein."

Arno Schmidt hob die Einzigartigkeit dieser Grabstätte hervor und bemerkte: „Es ist schon eines unserer Nationalheiligtümer, nach dem jeder einmal im Leben wallfahrten sollte, um sein »Om mani padme hum« [Du Kleinod im Lotos] zu sagen."

Wielands Bedeutung und Aktualität

Wielands Bedeutung und Aktualität

Wieland ist ein Dichter von europäischem Rang, dessen Werke bereits zu Lebzeiten in 13 Sprachen übersetzt wurden. Er zählt zu den kreativsten und erfolgreichsten Schriftstellern des 18. Jahrhunderts. Bleibende Verdienste erwarb er sich als Verserzähler, Romancier, Übersetzer, Herausgeber, Redakteur und Journalist. Er war ein Bestseller-Autor, eine Zeitlang der meistgelesene und höchstbezahlte deutsche Schriftsteller. Besonders innovativ wirkte er als erster deutscher Shakespeare-Übersetzer. Daneben übersetzte er auch antike Autoren, wie die Briefe und Satiren von Horaz, sämtliche Werke von Lukian, einige Komödien von Aristophanes, Schriften von Xenophon, Dramen von Euripides und die Briefe Ciceros. Durch diese Vermittlung fremdsprachiger Dichtungen gab Wieland dem deutschen Publikum noch vor Goethe eine Vorstellung von »Weltliteratur«. 1790 hat Wieland diesen Ausdruck geprägt. Auch den Begriff „Aufklärung" hat er in die deutsche Sprache eingeführt und zur vollen Geltung erhoben, in der Bedeutung für den allgemeinen Fortschritt von Vernunft und Kultur.

Außerordentliches leistete er für die Entwicklung des Romanschaffens und der künstlerischen Prosa, indem er eine neue vielschichtige Erzählkunst in die deutsche Literatur einbrachte. Mit der „Geschichte des Agathon" beginnt der moderne psychologische Roman in Deutschland.

Eine weitere Innovation Wielands war die Einführung der Stanze. Es war der erste Versuch, „die ottave rime der Italiener in Deutschland in den Schwang zu bringen." Wieland schätzte diese achtzeilige Strophenform. Ottava rima heißt Achtzeiler und „stanza" bedeutet Zimmer, also im übertragenen Sinne ein „Wohnraum der Poesie". Wir finden die Stanze bei Boccaccio, Tasso und Ariost. Erste Versuche, die Stanze im Deutschen nachzubilden, gibt es bereits im 17. Jahrhundert bei einigen Barockdichtern, wie Georg Philipp Harsdörffer, doch 1626 wurden Tassos Stanzen noch in Alexandriner übersetzt.

Erst Wieland führte 1768 mit seiner Verserzählung „Idris“ die Stanze ein. Johann Jakob Wilhelm Heinse, dem dieses Verdienst mitunter zugeschrieben wird, verwendete die Stanze erst sechs Jahre später.

Wieland gründete den „Teutschen Merkur“, verfasste die erste deutsche Oper „Alceste“, zahlreiche Verserzählungen, den großen Altersroman „Aristipp“ u. a. In seinen Dichtungen setzte er sich auch für eine natürliche Erotik und für die Emanzipation der Frau ein.

Bereits 1796, lange vor Darwin, äußerte Wieland die ironische Bemerkung: „Ich habe immer die Meinung gehabt, dass die Menschen eigentlich nur als eine höhere Klasse von Affen mit einer besonderen Perfektibilität, die bei ihnen statt des Instinkts ist, zu betrachten wären. Gewisse höhere Genien haben sich von Zeit zu Zeit verkörpert, um dies Affengeschlecht zu zivilisieren. Etwas von diesem Genialischen haben alle Musenpriester.“

Wieland war der erste Dichter, dessen Werke bereits zu Lebzeiten in einer aufwendigen Gesamtausgabe erschienen, und zwar gleichzeitig in vier verschiedenen Formaten bzw. Ausstattungen. Sein literarisches und publizistisches Schaffen leitete jene Epoche ein, die wir heute als »Weimarer Klassik« bezeichnen. Damit gehört er zu den „guten Köpfen und Genies, welche Weimar in Ruf gebracht haben“.

In einem Brief an den Dichter Gleim vom April 1793 äußerte Wieland die Hoffnung, den Lesern „einige vergnügte Stunden machen zu können oder gemacht zu haben“. Dies „ist die süßeste Belohnung für den warmen Eifer und die nicht immer leichte Mühe, die ich mir seit vierzig Jahren gegeben habe, etwas hervorzubringen, wodurch auch ich, nach Abstreifung dieser gröbern Raupenhülle, noch unter den Menschen leben, und all das Gute, das die Xenophon, Platon, Horaz, Lukian u.s.w. mir getan haben, vielleicht manchem, der erst im Jahr 3000 geboren werden wird, wiedergeben möge.“

Zeittafel zu Wielands Leben und Werk

1733 5. September: Christoph Martin Wieland als Sohn des evangelisch-lutherischen Pfarrers Thomas Adam Wieland und dessen Ehefrau Regina Catharina Wieland, geb. Kick, in Oberholzheim bei Biberach an der Riß (Oberschwaben) geboren.

1736 Übersiedlung der Familie nach Biberach, wo der Vater eine Pfarrstelle übernimmt.

1747-1749 Besuch der Internatsschule Klosterbergen bei Magdeburg, eine pietistische Lehranstalt.

1749 Immatrikulation an der Erfurter Universität. Privatunterricht in zeitgenössischer Philosophie durch Professor Johann Wilhelm Baumer.

Sommer 1750 Verlobung mit Sophie Gutermann von Gutershofen.

1750-1752 Jurastudium an der Universität Tübingen.

1752 Erste Dichtung „Die Natur der Dinge" (ein Lehrgedicht).

1752-1754 Gast bei Johann Jakob Bodmer in Zürich.

Dezember 1753 Sophie Gutermann löst ihre Verlobung mit Wieland.

27. Dezember 1753 Sophie heiratet den kurmainzischen Hofrat Georg Michael Frank La Roche.

1754-1759 Hauslehrer in Zürich.

Juni 1759-Mai 1760 Hauslehrer in Bern. Verlobung mit Julie von Bondeli.

1760 Berufung zum Senator und Kanzleiverwalter in Biberach; häufiger Umgang mit dem Grafen Stadion auf Schloss Warthausen. Wiedersehen mit Sophie La Roche.

1762-1766 Erste deutsche Shakespeare-Übersetzung (22 Dramen).

1764 Wielands erster Roman „Der Sieg der Natur über die Schwärmerei oder die Abenteuer des Don Sylvio von Rosalva".

21. Oktober 1765 Eheschließung mit der Augsburger Kaufmannstochter Anna Dorothea von Hillenbrand. Aus der Ehe gingen 14 Kinder hervor.

1766/67 „Geschichte des Agathon" (erster psychologischer Roman in Deutschland).

1768 „Musarion oder die Philosophie der Grazien". Verserzählung.

1769 Berufung zum Professor der Philosophie an die kurmainzische Universität Erfurt.

1772 Berufung als Prinzenerzieher nach Weimar durch die Herzogin Anna Amalia; ab 1775 freier Schriftsteller.

1773-1810 Herausgeber des „Teutschen Merkur" (ab 1790 unter dem Titel „Neuer Teutscher Merkur").

1774/81 „Die Abderiten. Eine sehr wahrscheinliche Geschichte"; späterer Titel: „Geschichte der Abderiten" (satirischer Roman).

1780 „Oberon". Ein romantisches Heldengedicht in zwölf Gesängen (zuerst 14 Gesänge).

1796-1803 Herausgeber des „Attischen Museums", 1805-1810 unter dem Titel „Neues Attisches Museum".

15. März 1797 Erwerb des Landgutes in Oßmannstedt, wo Wieland mit seiner Familie bis 1803 wohnt.

1798/99 „Gespräche unter vier Augen", politische Dialoge über die beste Regierungsform.

1799 „Agathodämon". Roman.

Sommer 1799 Besuch von Sophie von La Roche und ihrer Enkeltochter Sophie Brentano.

1800/02 „Aristipp und einige seiner Zeitgenossen". Roman.

20. September 1800 Tod von Sophie Brentano.

8. November 1801 Tod von Wielands Gattin.

1803 Anfang Januar bis 24. Februar: Heinrich von Kleist wohnt bei Wieland im Gutshaus.

1803 Wieland verkauft sein Landgut in Oßmannstedt und zieht zurück nach Weimar.

1805 „Das Hexameron von Rosenhain". Novellensammlung.

ab 1806 Wieland übersetzt Ciceros Briefe (von 1808 bis 1812 erscheinen 5 Bände).

1808 6. Oktober: Audienz bei Napoleon im Weimarer Schloss; am 8. Oktober während des Fürstenkongresses in Erfurt.

20. Januar 1813 Wieland stirbt in Weimar. Begräbnis in Oßmannstedt neben der Gattin und Sophie Brentano.

Literaturverzeichnis

Bock, Heinrich (Hrsg.): Wieland-Lesebuch (insel taschenbuch 729). Frankfurt am Main ^{3}1998.

Bock, Heinrich: Wieland in Biberach und Weimar (Reihe Literaturreisen: Wege, Orte, Texte). Stuttgart 1990.

Bock, Heinrich (Hrsg.): Christoph Martin Wieland. Mit fliegender Feder. Ausgewählte Briefe. Übersetzungen: Hildegard Bock (insel taschenbuch 1227). Frankfurt am Main 1990.

Bock, Heinrich: »Einen oder zween Sparren zuviel«. Biberacher Wieland-Vorträge, hg. von Hans-Peter Biege und vom Wieland-Museum der Stadt Biberach an der Riß. Eggingen 2006.

Bock, Heinrich/Kopf, Rainer/Ottenbacher, Viia: Wieland in Bildern. Biberach/Riß 1998.

Bock, Heinrich/Ottenbacher, Viia (Hrsg.): Der Mann im Mond ist kein eigentlicher Mann.
Das Neue Wieland-Lesebuch. Biberach/Riß 2009.

Bock, Heinrich/Radspieler, Hans: Gärten in Wielands Welt. Marbacher Magazin 40, hg. von Ulrich Ott. Deutsche Schillergesellschaft Marbach am Neckar ^{2}1999.

Böttiger, Karl August: Literarische Zustände und Zeitgenossen. Begegnungen und Gespräche im klassischen Weimar, hg. von Klaus Gerlach und René Sternke. Berlin 1998.

Brender, Irmela: Christoph Martin Wieland (rowohlts monographien 50475). Reinbek bei Hamburg ^{3}2003.

Freitag, Egon: „Welch ein himmlischer Affekt ist die Freundschaft?

Wie schön kann sie edle Seelen bilden?" - Christoph Martin Wieland und Johann Jakob Bodmer. In: Chloe. Beihefte zum Daphnis, Bd. 28: Ars et amicitia. Beiträge zum Thema Freundschaft in Geschichte, Kunst und Literatur. Festschrift für Martin Bircher zum 60. Geburtstag am 3. Juni 1998, hg. von Ferdinand van Ingen und Christian Juranek. Editions rodopi B.V. – Amsterdam 1998, S. 535-549.

Freitag, Egon (Hrsg.): „Ergetzen ist der Musen erste Pflicht ..." - Geschichten und Anekdoten über Christoph Martin Wieland. (Reihe des Freundeskreises Goethe-Nationalmuseum e.V., I), Jena 2001.

Freitag, Egon: „Das ganze stille Glück meines Lebens" - Anna Dorothea Wieland (1746-1801). In: Die Pforte, hg. von Dieter Höhnl und Dr. Jochen Klauß im Auftrag des Freundeskreises des Goethe-Nationalmuseums e.V., Heft 6. Weimar 2002, S. 55-66.

Freitag, Egon: „Einer der klügsten Köpfe und der künstlerisch anspruchsvollsten Dichter seiner Zeit" - Bemerkungen zu Wielands kreativer Intelligenz. In: Die Pforte. Veröffentlichungen des Freundeskreises Goethe-Nationalmuseums e.V., hg. von Dieter Höhnl und Dr. Jochen Klauß im Auftrag des Freundeskreises des Goethe-Nationalmuseums e.V., Heft 7, Weimar 2004, S. 66-87.

Freitag, Egon: Der Wollustsänger Wieland. In: Wieland-Studien. Aufsätze, Texte und Dokumente, Diskussion, Berichte, Bibliographie, hg. von Klaus Manger und vom Wieland-Archiv Biberach, Bd. 5, Heidelberg 2005, S. 78-87.

Freitag, Egon: „Eine höchst interessante Bekanntschaft". Wieland und Schopenhauer und ihre Auffassung von dichterischer Begeisterung. In: Wieland-Studien. Aufsätze, Texte und Dokumente, Diskussion, Berichte, Bibliographie, hg. von Klaus Manger und vom Wieland-Archiv Biberach, Bd. 5, Heidelberg 2005, S. 181-198.

Freitag, Egon: „Sie war die wunderbarste Frau". Sophie von La Roche – eine literarische Berühmtheit. In: Kaufbeurer Geschichtsblätter.

Mitteilungsblatt des Heimatvereins Kaufbeuren e.V., Bd. 17, Nr. 10, Juni 2007, S. 338-351.

Freitag, Egon: »Mercure de France« und »Teutscher Merkur«. Wieland als Publizist mit europäischem Anspruch. In: Die Pforte. Veröffentlichungen des Freundeskreises Goethe-Nationalmuseum e.V., hg. von Dieter Höhnl und Dr. Jochen Klauß, Heft 9. Weimar 2008, S. 149-178.

Freitag, Egon: Der „lebendige Keim" einer „Freundschaft" – Seume und Wieland. In: Jörg Drews/Gabi Pahnke (Hgg.): „Weimar ist ja unser Athen". Mit Seume in Weimar. Vorträge des Colloquiums zu Johann Gottfried Seume in Oßmannstedt 2007. Aisthesis Verlag Bielefeld 2010, S. 59-73.

Freitag, Egon: „Wielands Seele ist von Natur ein Schatz, ein wahres Kleinod." Zum Verhältnis von Goethe und Wieland. In: Schubert, Beate; Allers, Hans-Hellmut; Hesse, Volker; Fröhlich, Lothar; Blaurock, Raoul D. (Hgg.): Euch verdank ich, was ich bin ... - Goethes Lehrmeister, Weggefährten und Freunde. Vorträge der Veranstaltungsreihe 2009. Jahresgabe 2010 der Goethe-Gesellschaft Berlin e.V.; Selbstverlag der Goethe-Gesellschaft Berlin e.V., Ortsvereinigung der Goethe-Gesellschaft in Weimar e.V.; 1. Aufl., Berlin 2010, S. 91-107.

Freitag, Egon (Hrsg.): Wieland zum Vergnügen. Reclams Universal-Bibliothek Nr. 18932. Stuttgart 2012.

Geschichte der Stadt Biberach, hg. von Dieter Stievermann in Verbindung mit Volker Press und Kurt Diemer. Mit Beiträgen von Hans-Otto Binder u.a., Stuttgart 1991.

Heinz, Andrea (Hrsg.): »Der Teutsche Merkur« – die erste deutsche Kulturzeitschrift? Heidelberg 2003.

Heinz, Jutta (Hrsg.): Wieland-Handbuch. Leben - Werk - Wirkung. Stuttgart/Weimar 2008.

Jørgensen, Sven-Aage/Jaumann, Herbert/McCarthy, John A./ Thomé, Horst: Christoph Martin Wieland: Epoche - Werk - Wirkung. (Arbeitsbücher zur Literaturgeschichte, hg. von Wilfried Barner und Gunter E. Grimm), München 1994.

Manger, Klaus: Klassizismus und Aufklärung. Das Beispiel des späten Wieland. (Das Abendland – Neue Folge 18. Forschungen zur Geschichte europäischen Geisteslebens, hg. von Eckhard Heftrich). Frankfurt am Main 1991.

Manger, Klaus/Reemtsma, Jan Philipp (Hrsg.): Wielandgut Oßmannstedt. Stiftung Weimarer Klassik und Kunstsammlungen bei Hanser. München 2005.

Maurer, Michael (Hrsg.): Ich bin mehr Herz als Kopf. Sophie von La Roche. Ein Lebensbild in Briefen. München 1983.

Ottenbacher, Viia/Bock, Heinrich: Sophie von La Roche in Warthausen (Spuren 38). Deutsche Schillergesellschaft Marbach am Neckar 1997.

Ottenbacher, Viia/Bock, Heinrich: Wielands Komödienhaus in Biberach (Spuren 15). Deutsche Schillergesellschaft Marbach am Neckar ^{2}1999.

Radspieler, Hans: Christoph Martin Wieland 1733-1813. Leben und Wirken in Oberschwaben. Ausstellungskatalog. Weißenhorn 1983.

Reemtsma, Jan Philipp: Das Buch vom Ich. Christoph Martin Wielands »Aristipp und einige seiner Zeitgenossen«. Zürich 1993.

Reemtsma, Jan Philipp: Der Liebe Maskentanz. Aufsätze zum Werk Christoph Martin Wielands. Zürich 1999.

Schaefer, Klaus: Christoph Martin Wieland (Sammlung Metzler; Bd. 295, Realien zur Literatur), Stuttgart /Weimar 1996.

Sengle, Friedrich: Wieland. Stuttgart 1949.

Starnes, Thomas C.: Christoph Martin Wieland - Leben und Werk. Aus zeitgenössischen Quellen chronologisch dargestellt, 3 Bde., Sigmaringen 1987.

Starnes, Thomas C.: Der Teutsche Merkur. Ein Repertorium. Sigmaringen 1994.

Wielands Briefwechsel. Hrsg. von der Deutschen Akademie der Wissenschaften zu Berlin. Institut für deutsche Sprache und Literatur [ab Bd. 2, 1968: durch Hans Werner Seiffert; ab Bd. 3, 1975: Hrsg. von der Akademie der Wissenschaften der DDR. Zentralinstitut für Literaturgeschichte durch Hans Werner Seiffert; ab Bd. 7, 1992: Hrsg. von der Akademie der Wissenschaften, Berlin durch Siegfried Scheibe] ab 1993: Hrsg. von der Berlin-Brandenburgischen Akademie der Wissenschaften. 20 Bde., Berlin 1963-2007.

C. M. Wieland: Sämmtliche Werke in 45 Bänden (39 Bde. und 6 Supplementbände). Hamburger Reprintausgabe, hg. von der »Hamburger Stiftung zur Förderung von Wissenschaft und Kultur« in Zusammenarbeit mit dem Wieland-Archiv Biberach/Riß und Hans Radspieler. Nördlingen [Hamburg] 1984.

Wieland, Christoph Martin: Politische Schriften, insbesondere zur Französischen Revolution. 3 Bde. (C. M. Wieland: Werke in Einzelausgaben), hg. von Jan Philipp Reemtsma, Hans und Johanna Radspieler. Nördlingen 1988.

Wieland, Christoph Martin: Schriften zur deutschen Sprache und Literatur. 3 Bde. (C. M. Wieland: Werke in Einzelausgaben), hg. von Jan Philipp Reemtsma, Hans und Johanna Radspieler. Frankfurt am Main/ Leipzig. 2005.

Wieland-Studien. Aufsätze, Texte und Dokumente, Diskussion, Berichte, Bibliographie, hg. vom Wieland-Archiv Biberach und von Hans Radspieler; ab Bd. 2 von Klaus Manger und vom Wieland-Archiv Biberach (Bd.1-3: Sigmaringen; ab Bd. 4: Heidelberg). 1991 ff.

C. M. Wieland: Werke. Historisch-kritische Ausgabe. Oßmannstedter Ausgabe in 36 Text- und Apparatbänden, hg. von Klaus Manger und Jan Philipp Reemtsma. Berlin u. a. 2008 ff.

Zaremba, Michael: Christoph Martin Wieland. Aufklärer und Poet. Eine Biografie. Köln/Weimar/Wien 2007.

Die Namen von Wielands 14 Kindern:

1. Sophie Katharina Susanne Wieland (1768-1837)
2. Maria Caroline Friederike Wieland (1770-1851)
3. Regina Dorothea Wieland (1771-1779)
4. Amalia Augusta Wieland (1773-1858)
5. Karl Friedrich Wieland (18. 9. 1774-6. 11. 1774)
6. Charlotte Wilhelmine Wieland 1776-1816)
7. Ludwig Friedrich August Wieland (1777-1819)
8. Karl Friedrich Wieland (1778-1856)
9. Philipp Sigmund Albrecht Wieland (1780-1794)
10. Wilhelm August Wieland (1781-1865)
11. Juliane Karoline Dorothea Wieland (1782-1809)
12. Wilhelmine Johanna Friederike Wieland (1783-1798)
13. Augusta Friederike Wilhelmina Wieland (1786-1787)
14. Maria Louise Charlotte Wieland (1789-1815)

Personenregister

Abeken, Bernhard Rudolf (1780-1866): Professor der Philologie, 1808-1810 Hauslehrer bei Schillers Kindern, ab 1815 am Gymnasium in Osnabrück.

Apelles (um 370-Ende 4. Jh. v. Chr.) griechischer Maler am Hof Alexander des Großen; gilt als der berühmteste Maler des Altertums.

Ariosto, Lodovico, gen. Ariost (1474-1533) italienischer Dichter, Verfasser des Ritterepos „Orlando furioso" (dt. Der rasende Roland).

Aristophanes (um 445-um 386 v. Chr.) griechischer Dichter, bedeutendster Vertreter der älteren attischen Komödie.

Aristoteles (384-322 v. Chr.) griechischer Philosoph, universellster Denker der Antike; Schüler Platons, später dessen Gegner.

Arndt, Ernst Moritz (1769-1860): Schriftsteller.

Babet (18.Jh.): Magd von Johann Jakob Bodmer.

Baumer, Johann Wilhelm (1719-1788): Mediziner und Philosoph, Professor an der Universität Erfurt, seit 1764 an der Universität Gießen.

Bayle, Pierre (1647-1706): französischer Theologe und Philosoph.

Bertuch, Friedrich Johann Justin (1747-1822): 1775-1796 Geheimer Sekretär und Schatullverwalter von Herzog Carl August, 1785 Legationsrat, gründete 1782 eine Kunstblumenfabrik, 1784 die „Allgemeine Literatur-Zeitung" und 1791 das „Landes-Industrie-Comptoir"; Unternehmer, Schriftsteller, Übersetzer und Verleger.

Bianconi, Giovanni Lodovico (1717-1781): italienischer Diplomat, 1744-1749 Leibarzt des Fürstbischofs in Augsburg, ab 1764 sächsischer Gesandter in Rom; Verlobter Sophie Gutermanns von Gutershofen.

Boccaccio, Giovanni (1313-1375): italienischer Dichter.

Bodmer, Johann Jakob (1698-1783): Schweizer Literaturkritiker und Schriftsteller.

Boie, Heinrich Christian (1744-1806): Lyriker und Übersetzer, Mitglied des Göttinger Hainbunds.

Bondeli, Susanne Julie von (1731-1778): Tochter eines Berner Patriziers, Dichterin, Wielands Verlobte, auch gelehrte Freundin Rousseaus, Lavaters und Zimmermanns.

Böttiger, Karl August (1760-1835): Philologe und Pädagoge, Gymnasialdirektor in Guben und Bautzen, seit Oktober 1791 in Weimar, seit 1796 Redakteur von Wielands Zeitschrift „Der Neue Teutsche Merkur", seit April 1804 Direktor des Pageninstituts in Dresden.

Brechter, Johann Jakob (1734-1772): 1761 zum Diakon in Biberach gewählt, danach Diakon in Schwaigern bei Heilbronn.

Breitinger, Johann Jakob (1701-1776): Schweizer Literaturkritiker und Schriftsteller, Professor der hebräischen und griechischen Sprache am Gymnasium in Zürich.

Brentano, Clemens Maria Wenzeslaus (1778-1842) Dichter, Sohn von Maximiliane und Peter Anton Brentano; Bruder von Bettina und Sophie Brentano, Enkelsohn von Marie Sophie von La Roche.

Brentano, Sophie Marie Therese (1776-1800): Tochter von Maximiliane und Peter Anton Brentano; Schwester von Bettina und Clemens Brentano, Enkeltochter von Marie Sophie von La Roche.

Bünau, Heinrich Graf von (1697-1762): 1755-1759 Premierminister in Weimar, Geschichtsschreiber.

Cicero, Marcus Tullius (106-43 v. Chr.; ermordet): römischer Staatsmann, Konsul und bedeutender Redner, Schriftsteller und Philosoph. Wieland übersetzte von 1806 bis 1813 seine Briefe.

Correggio, eigtl. Allegri, Antonio da (1494-1534) italienischer Maler.

Cotta, Johann Friedrich (1764-1832) Verlagsbuchhändler in Tübingen, seit 1810 in Stuttgart.

Darwin, Charles Robert (1809-1882): britischer Naturforscher, Begründer der modernen Evolutionstheorie.

Diderot, Denis (1713-1784): französischer Philosoph und Schriftsteller.

Diogenes von Sinope (um 412-323 v. Chr.): griechischer Philosoph, gilt als asketisches Ideal der Bedürfnislosigkeit, wohnte in einem Fass oder einer Tonne.

Einsiedel, Friedrich Hildebrand von (1750-1828): Jurist, Schriftsteller und Übersetzer, 1775 Hofrat, seit 1776 Kammerherr der Herzogin Anna Amalia, 1802 Geheimer Rat, später Präsident des Oberappellationsgerichts in Jena.

Emmerich Joseph Freiherr von Breidbach zu Bürresheim (1707-1774): seit 1763 Kurfürst und Erzbischof von Mainz.

Engelhardt, Johann Daniel Christian (1720-1790): Leibarzt am Weimarer Hof.

Euripides (um 480-406 v. Chr.): griechischer Tragödiendichter.

Falk, Johannes Daniel (1768-1826): satirischer Schriftsteller, Journa-

Goethe, Johann Wolfgang von (1749-1832): am 10.4.1782 geadelt, Dichter, Naturwissenschaftler, Kunsttheoretiker und Staatsmann.

Goethe, Katharina Elisabeth, geb. Textor (Frau Aja) 1731-1808: Goethes Mutter.

Gottsched, Johann Christoph (1700-1766): Rektor der Leipziger Universität, Sprachwissenschaftler, Übersetzer, Literaturhistoriker, Publizist, Lyriker und Dramatiker.

Grebel, Elisabeth ? Hirzel, Elisabeth.

Griesbach, Johann Jakob, Dr. theol. (1745-1812) seit 1775 Professor der Theologie in Jena.

Gutermann von Gutershofen, Georg Friedrich (1705-1784): Arzt in Kaufbeuren und Augsburg, 1741 geadelt; Vater von Sophie von La Roche.

Gutermann von Gutershofen, Sophie ? La Roche, Marie Sophie von.

Haller, Albrecht von (1708-1777) Schweizer Mediziner, Naturforscher und Dichter, Professor der Medizin und Botanik in Göttingen, Präsident der Sozietät der Wissenschaften.

Harsdörffer, Georg Philipp (1607-1658): Barockdichter.

Heinse, Johann Jakob Wilhelm (1746-1803): gehörte zu Wielands Studenten in Erfurt, später Schriftsteller.

Herder, Johann Gottfried (1744-1803): Theologe, Religions- und Geschichtsphilosoph, Ästhetiker, Sprach- und Volksliedforscher, Literaturkritiker und Dichter, Generalsuperintendent, seit 1776 in Weimar.

Herder, Maria Carolina, geb. Flachsland (1750-1809): seit 1773 Frau von Johann Gottfried Herder.

Hirzel, Elisabeth, geb. Lochmann, verw. Grebel (1714-1799) Frau von Hans Konrad Grebel und in zweiter Ehe von Salomon Hirzel; eine Freundin Wielands in Zürich.

Hogel, Maria Christine Afra (geb. 1742): Wielands „Bibi", später verh. Stowasser.

Horaz, eigtl. Quintus Horatius Flaccus (65-8 v. Chr.): bedeutendster römischer Lyriker.

Iselin, Isaak (1728-1782) schweizerischer philosophischer Schriftsteller, Publizist und Historiker, Geschichtsphilosoph, Gelehrter der Aufklärung, Freund und Förderer Johann Heinrich Pestalozzis.

Jacobi, Friedrich Heinrich (1743-1819): Philosoph und Schriftsteller, seit 1807 Präsident der Bayerischen Akademie der Wissenschaften.

Jacobi, Johann Georg (1740-1814): Schriftsteller, Bruder von Friedrich Heinrich Jacobi.

Jacobs, Christian Friedrich Wilhelm (1764-1847): Philologe, Schriftsteller und Übersetzer.

Jean Paul, eigtl. Johann Paul Friedrich Richter (1763-1825): Schriftsteller.

Kalb, Carl Alexander von (1712-1792): Regierungsrat und Kammerpräsident am Weimarer Hof.

Kleist, Heinrich von (1777-1811 Freitod): Dichter und Dramatiker.

Klopstock, Friedrich Gottlieb (1724-1803): Dichter der Aufklärung, 1750 Gast von Johann Jakob Bodmer in Zürich, 1751-1770 in Kopenhagen.

Knebel, Karl Ludwig von (1744-1834): preußischer Offizier in Pots-

dam, 1774-1780 Hofmeister des Prinzen Konstantin von Sachsen-Weimar-Eisenach, Lyriker und Übersetzer.

Kühne, Christian Johann Martin (1758-1827) Hamburger Geschäftsmann, erwarb 1803 von Wieland das Landgut Oßmannstedt.

La Roche, Fritz von (1757-nach 1814): Sohn von Marie Sophie und Georg Michael Anton von La Roche.

La Roche, Georg Michael Anton (Frank von Lichtenfels) 1720-1788: illegitimer Sohn und Berater des Grafen Friedrich von Stadion in Mainz sowie Verwalter von dessen Gütern in Warthausen und Bönnigheim, kurmainzischer Hofrat, seit 1771 im Dienst des Kurfürsten von Trier in Ehrenbreitstein, am 31.8.1775 geadelt, verh. mit Marie Sophie von La Roche.

La Roche, Marie Sophie von, geb. Gutermann von Gutershofen (1730-1807): Schriftstellerin; Wielands Cousine und Verlobte von 1750-1753, Frau von Georg Michael Anton von La Roche.

Lavater, Johann Kaspar (1741-1801): Schweizer Theologe und Schriftsteller.

Leibniz, Gottfried Wilhelm (1646-1716) Universalgelehrter der Frühaufklärung, Philosoph, Physiker, Mathematiker, Naturwissenschaftler, Rechtsgelehrter, Diplomat und Historiker.

Lessing, Gotthold Ephraim (1729-1781): Dichter der Aufklärung, Dramatiker, Literaturtheoretiker.

Locke, John (1632-1704) englischer Philosoph und Psychologe, Arzt und Erzieher.

Lütkemüller, Samuel Christoph Abraham (1769-1833): Theologe, Schriftsteller, Übersetzer, 1793-1802 Wielands Sekretär und Mitarbeiter in der Redaktion von Wielands Zeitschrift „Der Neue Teutsche Merkur“, 1805 Pfarradjunkt in Papenbruch.

Lukian (auch Lucian), eigtl. Lukianos von Samosata (um 120-um 180 n. Chr.): griechischer Satiriker.

Macdonald, James (1772-1810): schottischer Prediger, Erzieher und Schriftsteller.

Merck, Johann Heinrich (1741-1791): Kriegsrat in Darmstadt, Schriftsteller, Mitarbeiter an Wielands Zeitschrift „Der Teutsche Merkur".

Merkel, Garlieb Helwig, Dr. phil. (1769-1850): Schriftsteller, seit Herbst 1799 Journalist in Berlin.

Milton, John (1608-1674): englischer Dichter.

Mylius, Christlob August (18. Jh.): seit 1763 Verlagsbuchhändler in Berlin; Lessings Schwager.

Napoleon I. (Napoleon Bonaparte) 1769-1821: französischer General, 1799-1804 Erster Konsul, 1804-1814 Kaiser von Frankreich.

Peuplier (18. Jh.): Französischlehrer in Klosterbergen.

Pfaff, Christoph Matthias (1686-1760) Theologe.

Platon (eigtl. Aristokles) 427-347 v. Chr.: griechischer Philosoph; Schüler von Sokrates; neben Aristoteles der bedeutendste Philosoph der Antike.

Plinius, Gaius Secundus (d.Ä.) 23 oder 24-79 n. Chr.: römischer Naturforscher und Offizier.

Raffael, eigtl. Raffaelo Santi (1483-1520) italienischer Maler
Rechlin, Karl (1769-1796): 1792 Student in Jena, danach Philosoph und Dichter in Lübeck.

Reich, Philipp Erasmus (1717-1787): Verlagsbuchhändler in Leipzig,

1745 Geschäftsführer, von 1762-1787 Teilhaber der Buchhandlung „Weidmanns Erben und Reich".

Reinhold, Karl Leonhard (1758-1823) Philosoph, seit Juni 1787 außerordentlicher Professor der Philosophie in Jena, erster namhafter Interpret Kants, später Professor in Kiel; Schwiegersohn Wielands.

Riedel, Friedrich Justus (1742-1785) Philosoph, 1768-1771 Professor an der Universität Erfurt, seit 1772 an der Kunstakademie Wien.

Sachsen-Weimar-Eisenach, Anna Amalia, geb. Prinzessin von Braunschweig-Wolfenbüttel (1739-1807): 1759-1775 regierende Herzogin in Weimar.

Sachsen-Weimar-Eisenach, Carl August (1757-1828): Erbprinz, seit 1775 Herzog, seit 1815 Großherzog.

Sachsen-Weimar-Eisenach, Friedrich Ferdinand Constantin Prinz von (1758-1793) Bruder Carl Augusts.

Sachsen-Weimar-Eisenach, Louise Auguste Herzogin von (seit 1815 Großherzogin), geb. Prinzessin von Hessen-Darmstadt (1757-1830): Gemahlin Carl Augusts.

Schadow, Johann Gottfried (1764-1850): Bildhauer, Direktor der Berliner Akademie der schönen Künste.

Schiller, Johann Christoph Friedrich von (1759-1805): Dichter, Dramatiker, Lyriker, Ästhetiker, Geschichtsschreiber; 1789-1799 Professor der Geschichte in Jena.

Schmidt, Arno (1914-1979): Schriftsteller.

Schopenhauer, Arthur (1788-1860): Philosoph.

Schopenhauer, Johanna Henriette, geb. Trosiener (1766-1838):

Schriftstellerin, Mutter von Arthur Schopenhauer, lebte seit 1806 in Weimar.

Schubart, Christian Friedrich Daniel (1739-1791): Dichter des Sturm und Drangs; wurde vom Herzog Karl Eugen von Württemberg 10 Jahre auf dem Hohenasperg eingekerkert.

Schweitzer, Anton Theodor Heinrich (1735-1787) Komponist und Kapellmeister in Weimar, später in Gotha, vertonte Wielands Singspiel „Alceste".

Seume, Johann Gottfried (1763-1810): Dichter, hessischer Soldat in Amerika, 1796 Korrektor bei Georg Joachim Göschen in Grimma bei Leipzig, unternahm Fußreisen nach Rußland und Syrakus.

Shakespeare, William (1564-1616): englischer Dichter, Dramatiker von weltliterarischer Bedeutung. Wieland übersetzte zuerst seine Werke ins Deutsche (Prosa-Übersetzung von 22 Dramen von 1762-1766).

Sokrates (469-399 v. Chr.): griechischer Philosoph.

Stadion zu Thannhausen und Warthausen, Anton Heinrich Friedrich Graf von (1691-1768): Großhofmeister des Kurfürsten von Mainz, Herr auf Warthausen (bei Biberach an der Riß).

Staël-Holstein, Anne Louise Germaine Baronne de, geb. Necker (1766-1817): französische Schriftstellerin, 1803 von Napoleon aus Frankreich verbannt.

Stein, Gottlob Ernst Josias Friedrich Freiherr von (1735-1793): Oberstallmeister am Weimarer Hof.

Steinmetz, Johann Adam (1689-1762): Abt von Klosterbergen, Lehrer Wielands.

Tasso, Torquato (1544-1595) italienischer Dichter der Renaissance.

Varius, eigtl. Lucius Varius Rufus (2. Hälfte des 1. Jhs. v. Chr.): römischer Dichter, mit Horaz und Vergil befreundet.

Voltaire, François-Marie Arouet de (1694-1778): einflussreichster französischer Schriftsteller der Aufklärung, Philosoph und Historiker, 1745 königlicher Historiograph, 1750-1753 Kammerherr und Gast am Hofe des preußischen Königs Friedrich II. (des Großen).

Waser, Johann Heinrich (1713-1777): Diakon in Winterthur, Theologe, Dichter und Übersetzer; wurde wegen Urkundenunterschlagung und Vergehens gegen den Staat hingerichtet.

Wieland, Amalia Augusta (1773-1858) 4. Kind von Anna Dorothea und Christoph Martin Wieland, 1788 verh. mit Johann August Jakob Liebeskind, nach dessen Tod 1793 in zweiter Ehe mit Gottlieb Friedrich Erler (Hochzeit am 12.10.1801).

Wieland, Anna Dorothea, geb. von Hillenbrand (1746-1801): Kaufmannstochter aus Augsburg, seit 21.10.1765 Wielands Frau.

Wieland, Augusta Friederika Wilhelmina (1786-1787): 13. Kind von Anna Dorothea und Christoph Martin Wieland.

Wieland, Johann Simon (1723-1792): Student an der Universität Tübingen, später Pfarrer.

Wieland, Karl Friedrich (1778-1856) 8. Kind von Anna Dorothea und Christoph Martin Wieland.

Wieland, Katharina Floriane (1729-1789): Wielands Haushälterin.

Wieland, Maria Caroline Friederike (1770-1851) 2. Kind von Anna Dorothea und Christoph Martin Wieland, 1788 verh. mit Johann Salomo Gottlieb Schorcht.

Wieland, Maria Louisa Charlotte (1789-1815), gen. Luise: 14. Kind von Anna Dorothea und Christoph Martin Wieland, 1814 verh. mit Gustav Emminghaus.

Wieland, Regina Catharina, geb. Kick (1715-1789): Wielands Mutter.

Wieland, Sophie Katharine Susanne (1768-1837): 1. Kind von Anna

Dorothea und Christoph Martin Wieland, 1785 verh. mit Karl Leonhard Reinhold.

Wieland, Thomas Adam (1704-1772): Wielands Vater, evangelischer Pfarrer in Oberholzheim, seit 1736 in Biberach/Riß.

Wieland, Thomas Adam (1735-1764): Goldschmied und Kupferstecher, Wielands Bruder.

Wolff, Christian (1679-1754): Philosoph und Mathematiker.

Wölfling, V.: Theologe und Schriftsteller, besuchte 1796 Wieland.

Xenophon (um 430 - um 354 v. Chr.): griechischer Geschichtsschreiber und Feldherr.

Zimmermann, Johann Georg, Dr. med., Ritter von (1728-1795): Schweizer Arzt, medizinischer und philosophischer Schriftsteller, Wielands Jugendfreund; zunächst Stadtphysikus in Brugg, seit 1768 königlich-englischer Leibarzt in Hannover.

Hinweis.

In Wielands Briefen an Marie Sophie von La Roche, geb. Gutermann von Gutershofen (1730-1807), wird das Adelsprädikat »von« erst nach dem 31. August 1775 verwendet, da sie durch ihre Vermählung mit Georg Michael Anton La Roche am 27. Dezember 1753 ihren Geburtsadel einbüßte und erst durch dessen Nobilitierung am 31. August 1775 wieder zurückerhielt.

...Geschehene nicht geändert werden kan, und Sie durch den Ton Ihrer Antwort sich selbst in die Gewalt Ihres Recensenten geliefert haben, ist ein unfruchtbares Bedauern alles was ich bey dieser Gelegenheit unsrer Landsmann schaft und der Achtung, welche ich Ew. Hochedelgeb. schuldig bin, zum Opfer bringen kan.
Wenn Ew. Hochedelgeb. durch die hiemit zurückfolgende Critik des 1. Th. der Geschichte des Frl. v. Sternheim Ihr Urtheil von dem Verfasser derselben haben rechtfertigen wollen, so haben Sie Ihre Absicht vollkommen erreicht; und wenn es mit dem Geschmack zu xxxx so weit gekommen ist, daß, nach Ihrem Ausdruck, nichts was wahr oder kühn ist, bey Ihren Kennern für schön gelten kan, so bleibt einem Fremden, dem dies alles sehr gleichgültig ist, wohl nichts weiter übrig, als zu wünschen, daß es denen, welche so dencken, wohl bekommen möge so zu dencken.
Ich habe die Ehre mit der aufrichtigsten Hochachtung zu seyn Ew. Hochedelgebohren / gehorsamer Diener

Wieland

(Letzte Seite des Briefes an Balthasar Haug, Umschlag hinten)